百家文学馆

追赶心中的彩虹

谢新源 著

中国文联出版社

图书在版编目（CIP）数据

追赶心中的彩虹 / 谢新源著. -- 北京：中国文联
出版社，2018.7（2023.3重印）
ISBN 978-7-5190-3802-1

Ⅰ.①追… Ⅱ.①谢… Ⅲ.①传记文学—中国—当代
Ⅳ.①I25

中国版本图书馆 CIP 数据核字（2018）第 152079 号

著　　者　谢新源
责任编辑　刘　旭
责任校对　赵海霞
装帧设计　中联华文

出版发行　中国文联出版社有限公司
地　　址　北京市朝阳区农展馆南里 10 号　　　　　邮编　100125
电　　话　010-85923025（发行部）　　　　　85923091（总编室）
经　　销　全国新华书店等
印　　刷　三河市华东印刷有限公司

开　　本　710 毫米×1000 毫米　　1/16
印　　张　11
字　　数　113 千字
版　　次　2023 年 3 月第 1 版第 2 次印刷
定　　价　65.00 元

·序·

格局决定结局

兰承晖

作家谢新源撰写的九天绿健康产业集团公司董事长黄添友先生的传记《追赶心中的彩虹》杀青后，邀我为之作序，自知水平有限，怕写不好，起初未敢应承。但作者和传主与我过去是同事，现在是朋友，盛情难却，只好勉为其难，遵嘱细读书稿，认真思考，敲打键盘，逐句逐段码字。

读完黄添友先生的传记《追赶心中的彩虹》，读者见仁见智，看法可能不尽相同。业界同仁早有共识：称他为"儒商""一个具有军人、专家、教授多重身份的企业家""一个传奇人物"……这些判断都言之有据，无人否认。但我却喜欢从另一个角度给出这样的结论：黄添友先生是一个胸有大格局的人。

人们常说，一个人的格局决定他的结局。黄添友先生事业成功，再一次印证了这条人生定律。

《追赶心中的彩虹》对黄添友先生迄今为止的人生轨迹叙述大致如此：他原本是广东一个贫困地区的农村娃，中学毕业后回乡务农，从一个生产队的记工员、生产队长，到部队的卫生员、军校学员、实验室技术员、研究员，乃至三九集团南方制药厂研究院院长，最后一步步成长为一位掌控总资产达20多亿元的健康产业集团总经理、董事长。集团公司旗下有十几家骨干企业，产品40多个，拳头产品有10多个，年产值可达100亿。黄添友事业的成功，不仅取决于他的人品、学识和胆略，更取决于他的胸襟格局。

中国改革开放以来，市场经济大潮造就了海量的企业家。大浪淘沙，有的人掘到一两桶金之后，见好就收，金盆洗手，小富即安，止步不前，最终以一个小老板、小"土豪"角色谢幕创业舞台。襟怀格局不同，燕雀岂能与鸿鹄一同展翅高飞？

黄添友的非凡格局表现在：他不是一个以追求金钱财富为终极目标的掘金者，他没有向往身份、地位等这种常人难免的虚荣心。尽管他有"儒商""成功企业家"的炫目光环，拥有价值不菲的20亿资产，但他没有别墅，一家三代至今仍住在学校的安居楼里；唯一给他撑面子的那辆大奔，多数时候也不是他的专用座驾而是工作用车，从广州公司总部到河源科技产业园往来的路上，同车的往往还有公司副总和其他高管。那么，黄添友的志趣何在？他曾数次在公司全体员工中宣称：公司的宗旨就是为世人的健康创造价值。

有大格局的人总是不安现状、乐于挑战。20世纪90年代初，我和黄添友都在第一军医大学中医系工作。我做行政领导工作；他刚从湛江广东医学院研究生毕业回系里，负责筹建中医药实验室。之前他就是学校青年教师中刻苦学习成才的标兵，曾参加总后勤部刻苦学习成才标兵报告团到有关单位做巡回报告，是学校、更是系里重点培养的青年人才。那几年，第一军医大学深圳南方制药厂在改革开放的大潮中风生水起，要成立研究院。决心把以南方制药厂为龙头的三九集团做大、做强的赵新先总裁慧眼识珠，看上了黄添友，要把他挖走。其时我已调往学校政治部工作。黄添友为此事找过我谈想法，希望我支持他去深圳，在研究他的请求时能投赞成票。说实在的，在当时全国一片"尊重知识，尊重人才"的氛围下，培养人才、挖掘人才、留住人才，是组织领导的重要任务。要举手同意一个人才从自己单位"跳槽"出去的决心是很难下的。但我感觉黄添友是一个胸有格局的人，他做出这个决定并非心血来潮，肯定是经过深思熟虑的。他是一个想做大事、能做大事的人。好在当时南方制药厂虽然脱离了第一军医大学，但仍属总后勤部，让他到三九集团的南方制药厂，从大范围来说还不算"肥水流入外人田"，所以我没有极力劝其留下。虽然对历史的任何假设都是没有意义的，但是，仍然可以对当时处于人生十字路口的黄添友做一个假设：如果当时把他强留下来，也许今天他会成为在某个领域、某个方向造诣高深的学者、专家。不过，这样一来，中国保健食品产业也就会缺失一位有作为的领军人物。

有大格局的人方能高瞻远瞩不改初心。黄添友当初辞教下海，从事药品、保健营养食品的研究和生产，是基于自己深厚的医药文化底蕴和知识储备，要为增进世人的健康做贡献。适逢新旧世纪交替之时，国人多数仍致力于解决温饱问题，一部分开始埋头充实自己的钱包。没病不上医院、不看医生，普遍地，养生保健意识未曾觉醒。"治未病"的"上医"古训尚密藏于中医古籍中。这个时期的健康产业尚处寒冬，十分冷清，而房地产、酒店旅业、科技产品、汽车贸易等可以吹糠见米、立马来钱的行业很多。面对诸多诱惑和难得的机遇，黄添友不为所动，以战略眼光坚守初心，心无旁骛，坚守中医药保健产品的研发和生产，专注健康产业、专注药食同源、专注治未病工程、专注心脑血管养护；一直坚守22年，风风雨雨，无数坎坷，研发健康食品数十种，质量优、销路广的拳头产品有十多个，终使九天绿健康产业集团成为我国为数不多的通过国家药品

GMP、保健食品 GMP 和食品 QS 三重认证的企业，成为国家级高新技术企业、诚信企业，成为中国保健品 100 强企业。

有大格局的人方敢铤而走险困境突围。20 世纪 90 年代中，由于三九集团有的领导主张放弃南方制药厂原先发家的中医药方向和道路，转向研发西药，研究院的研发方向出现严重分歧。黄添友感到往后的工作将遇到很多掣肘。"道不同，不相与谋"。黄添友果断与他们分道扬镳，与曾一起在三九打拼的同伴、战友离开深圳回广州另起炉灶，自筹 50 万元资金注册成立了九天绿功能食品厂，挂靠三九企业集团所属的"广州三九科工贸公司"。功能食品厂在黄添友团队的打拼下，很快取得成效，人均产值近百万，当年实现盈利 1000 万元。可是，麻烦却跟着来了。挂靠的"婆婆"——广州三九科工贸公司因经营不善，不仅将三九集团拨给的 500 万元开办费花个精光，还由于乱铺摊子欠下了河南某汽车制造厂 350 万的债务。这位白白让 850 万元"打了水漂"的"精明婆婆"盯上了"实干兴家媳妇"的钱袋子——动心思要将挂靠的"子公司"变成"直属公司"。开始黄添友没有同意。因为这个"陷阱"很深啊！"婆婆"这番由"挂靠"改为"嫡系"的亲切示好，并非出于救困扶危的善意，而是深藏巧取豪夺的歪心。按照常理，原先"挂靠"好比"干媳妇"，在财产划分上界限很清楚——你的是你的，我的是我的；成为"亲媳妇"后，就是另一种算法了——对"婆婆"来说，我的是我的，"媳妇的也是我的"，她"老人家"让你交出人、财、物权就是天经地义的了。经过一番冷静思考，黄添友委曲求全地服从了——他由说话算数的总经理降为管销售部门的领导。"婆婆"算账"精明"搞经营却很愚蠢，或者说精明反被精明误——抛开黄添友原先苦心经营起来的销售网络，销售业务根本就不让黄添友沾边，企图用"请、吃、送"开辟新市场，结果受到市场法则的惩罚。黄添友这一退让，功能食品厂的效益也"让"出去了——产品滞销，库存加大，入不敷出，财务危机。年关逼近，连人员工资发放都难以筹措。一个好端端的功能食品厂变成了"烫手的山芋"，精明"婆婆"不得不放手了。黄添友是个干实事的人，他接过濒临绝境的"功能食品厂"，按自己的思路逐条理顺工作头绪，半年时间，产值再超千万。后来，善于算计的"婆婆"又来更狠的一招——要免去黄添友的职务。这回黄添友捷足先登找到三九总裁赵新先说明情况，挫败了"婆婆"的暗算，以替"广州三九科工贸公司还清350万元债务"为代价，将"九天绿功能食品厂"改名为"三九集团广州九天绿实业有限公司"，取代实际已经破产的"广州三九科工贸公司"，成为三九集团的二级公司。黄添友作为总经理，取得了公司运作的人、财、物决策权，很快将九天绿功能食品厂带出了困境。

有大格局的人方能广聚人脉合作共赢。九天绿与中山大学、南方医科大学（原第一军医大学）、广州中医药大学、广东医学院、广东药学院、广州医工院等高等院校建立了产学研基地，与香港大学、美国马里兰大学、奥兰多大学建立了合作关系，并以此为基础，依托国内外著名高校的科技人才队伍，组建了九天绿健康产业研究院，组成了拥有中国科学院姚开泰院士、中国工程院钟世镇院士、中央军委保健局专家陈宝田教授等国内外近100位医学、药学知名专家教授的研发团队。专家、教授们完全是奔黄添友的人品、胸怀、格局而来的。他的老师、最初和他一同到三九企业集团研究院打拼的原第一军医大学微生物学教研室主任、博士生导师王金锐教授离开三九集团之后，一直为九天绿健康产业集团的产品研发、销售出谋划策。他当年的同学、原第一军医大学的周俊岭、钟雄霖以及于秀良、林新宏等教授退休后也加盟九天绿共创大业。原南方医科大学基础医学院院长刘国章教授退休多年后，被他拉来集团公司做副总经理，主抓作为公司生命线的生产环节和内部行政管理。尤为难得的是，南方医科大学的两位资深院士都全力支持黄添友的九天绿事业。2016年4月23日，时年85岁高龄的姚开泰院士致信黄添友，表示对他的研发和生产中医药保健品事业全力支持，并将有关中草药研究的热点重要文献发给他参考。2017年2月26日，在九天绿2017新春启动大会上，93岁的中国工程院院士钟世镇教授到会祝贺，赞赏"九天绿健康产业集团很有远见，很有抱负"，对黄添友及其公司寄予厚望，坚信："他（黄添友）率领的攻关克难团队，正在建造一艘九天绿健康旗号的航空母舰。在舰长的指挥下，招之即来，来之能战，战无不胜。"

人物传记是一种很容易吸引读者的文体。作家谢新源的《追赶心中的彩虹》以平实的语言展示了一个创业成功的样本，如实地记录了传主生命过程中的成长与改变、顺境与逆境、成功与挫折、快乐与苦恼、性格与命运。读者在阅读过程中，品岁月艰辛，看人生成败，自然而然地领悟：一个有志于干一番事业的人，面临机遇、诱惑、算计、压力和担当时，应该以什么样的人生智慧和胸怀格局进行正确选择，采取明智的举措，走出困境和低谷，走向成功。

总之，这本传记能让读者开卷有益。

（兰承晖，曾任原第一军医大学训练部政治处主任、中医系政治委员，学校政治部副主任、主任，大校军衔。）

目录
CONTENTS

引　子

七月，岭南大地进入最红火的季节。

在这个如火如荼的季节，每月的第一天，都因为作为特别的节日而充满喜气，并为人们所期待和珍重；有时，还会举行隆重的纪念活动。

2016 年 7 月 30 日上午，在拥有"客家古邑，万绿河源"美誉的广东河源高新技术开发区九天绿科技工业园，彩旗招展，人头攒动，一块块鲜艳、醒目的展板，在炽热阳光的照射下更加亮丽，引人注目。

"庆'八一'联谊会暨九天绿上市进程说明会"即将在这里举行。占地近 7 万平方米的九天绿科技工业园，碧草青翠，绿树成荫，其中有不少沉香、海南黄花梨等名贵植物。这是九天绿健康集团总裁黄添友的主意。九天绿提取植物精华，以生产绿色、环保、优质系列保健品、药品为主打产品——关注绿色，关注绿色植物、关注绿色中草药植物。这对黄添友来说，是理所当然的。在这偌大的科技工业园里，建筑物不是太多，也就三座：商务大楼、行政办公楼、GMP生产大楼。三座建筑物层次分明，风格独特。现在，人们正热切地要赶去主会场——6层高的商务大楼。这座大楼紧挨着205国道耸立，呈弧形，像张开的弓，迎接朝阳，吸纳瑞气。

会场设在五楼多功能会议厅。此刻，多功能会议厅里灯光辉煌，人声鼎沸，军歌嘹亮，会标和宣传介绍九天绿健康产业集团的宣传片，正由液晶显示器一遍又一遍地播放。

9时整，身材中等，额头宽阔，微显发福，目光敏锐却不乏宽厚，浑身军人气质则不失儒雅，着西装、扎领带的黄添友神采奕奕地走进会场。他身前身后和左右伴行的，有专程前来的广东省经企协领导，有九天绿健康产业研究院专家，有新三板上市指导团队成员。当然，更多前来参会的是他过去军营的战友、师长、领导和勇闯商海之后的伙伴。

大家都走向第一排。

黄灿，黄添友的儿子，集团副总裁、留美归国硕士，端坐第二排。他高大而又英俊。

集团自己培养的主持人彭秋婷同时走上舞台。

没有眼花缭乱的灯光变幻，没有高亢激越的音乐，甚至，连这个主人黄添友也不曾先走上台去，哪怕讲上几句表示欢迎的致辞。优美的纯音乐《映山红》曲子，舒缓、深情，仿佛从天边悠悠传来，轻盈地回荡在整个会场空间。由集团8名女员工自编的歌伴舞正在上演。

黄添友脱下军装离开部队已 20 多年了。对于一般人来说，曾经的军旅生涯大多成了美好的回忆，或者成为朋友相聚时的谈资。而黄添友却不，他似乎在商务、生活、工作，甚至任何一项活动中，都会有意识地体现出军队元素、军人情怀。

这不足为奇，黄添友和他的"九天绿"正逢一个"大潮起珠江"的生机勃发时代，沿着改革开放的潮流同向而行，既经历过无限风光与灿烂，更多的则是曾无数次地遭遇磨难与凶险。而每当此时，支撑和坚定黄添友信心和信念的，一定是他十数年从军岁月所磨砺出的果敢作风、睿智大气、顽强坚毅、永不放弃之精神气概。

无疑，军队是黄添友的精神之源。

无疑，军魂是黄添友的企业之本。

曲终舞止，又一出重头戏接连上演。

经济学家、上市辅导专家、九天绿上市指导中心主任彭刚教授大步跨上舞台。这位剃着光头的上市辅导专家，带领他的申报团队已经在九天绿工作了近一年，对九天绿上市进程做详尽的说明，非他莫属。

彭刚所列举的一组组数字，虽庞大却精准。

彭刚所列举的一条条标准，虽严苛却可达。

彭刚是经济学家，但现在他则更似一位演说家，他的话语有理有据，信息量大，铿锵有力，令人鼓舞，提振士气。

这正是台下近千名参会者所期许和关注的。

彭刚的最后一句话掷地有声："九天绿健康产业集团新三板上市股票，可望于 2017 年年中挂牌上市成功。"

掌声、欢呼声顿时响彻会场上空。

受到彭刚慷慨激昂讲话的感染，广东省工商联领导李汉锋、广东省经企联执行会长何礼森、广州中医药大学校长王省良等嘉宾接连登台发言。他们每位的讲话都表达了对九天绿产业集团新三板上市充满信心，而且是那样热情洋溢，令人激情澎湃。

音乐再次响起，依然那么轻柔和舒缓。这是一首极具抒情色彩的军旅歌谣《当你的秀发拂过我的钢枪》。歌者是来自九天绿健康产业集团的员工。小伙子个头不高，瘦削，清清秀秀，而他的男中音浑厚、宽阔，歌声完美表达了美女青年对军营生活的向往，对青年战士的深切爱慕，唱出了战士和军人对祖国、对人民爱的情怀。

黄添友完全是有意识地用军人的作风、军人的严谨、军人的境界，来熏陶和培育他的团队、他的员工，提升和铸造他的企业特有的文化精神。

一名少女抱着一束鲜花跑上舞台，献给将这首军旅歌曲的情感内涵演绎得淋漓尽致的歌者。

黄添友从前排座椅站起了身，微笑着面对眼前经久不息的掌声，挥手、躬身，深深鞠了个躬。

掌声中，他健步走到舞台中央，再次弯腰鞠躬，满怀激情发表他的主旨演讲。

"在中国人民解放军建军89周年前夕，我非常高兴与大家相聚在客家古邑、万绿湖畔的九天绿科技园，隆重举行'庆八一联谊座谈会暨九天绿上市进程说明会'。本次会议由广东省经济学家企业家联谊会和广东省企业家理事会主办，我们九天绿健康产业集团承办。我们有这样的好机会，深感荣幸，在此，我谨以东道主的身份，对参加本次大会的全体领导、各位嘉宾表示最热烈的欢迎！向曾经为我军建设与发展做出重大贡献的老首长、老领导、老战友致以崇高的革命敬礼！"

虽已年过半百，面对每天超负荷的工作时间和工作量，面对如此庞大的企业集团，千头万绪，说他身上的责任和压力如山大，然而，黄添友却没显出丝毫的疲惫。他用长期军旅生活中形成的豪气、大气口吻，发表着他热情洋溢的主旨讲话。而且每一句话都是那么充满激情，充满感召力。

"九天绿成立于 1995 年，原是著名的三九企业集团全资的二级企业。自成立之日起，秉承三九'艰苦创业，实业报国'的优秀企业精神，在激烈市场竞争中不断发展壮大。九天绿人为'三九'品牌的形成和三九企业发展曾经做出过重大的贡献。2003 年，按照国务院和中央工委央企改革的要求，完成了企业改制的工作。

"目前，九天绿已经发展成为一家专业从事药品、保健品和营养食品，集种植、研发、生产、销售为一体的大型综合性健康产业集团。集团获得了国家级高新技术企业、中国优秀企业、广东省优秀企业和诚信企业、广东省农业龙头企业、广东省第一批重点帮扶高成长性企业、广东省产学研示范基地、广东省中小企业创新示范基地、中药超微粉研究工程中心、广东省保健食品安全评价技术中心、中国保健品 100 强企业、全国九天绿治未病健康工程主办与推广单位等称号。九天绿科技工业园占地 68000 平方米，是目前我国为数不多通过国家药品 GMP、保健食品 GMP 和食品 QS 三重认证企业，也是我国最大规模的药食同源健康产品研发与生产基地之一，年生产能力可达 100 亿元以上。集团旗下拥有十几家骨干企业，总资产达 20 多亿元。九天绿独创的'一体四环'创新商业模式，与李克强总理提出的'大众创业，万众创新'的号召完全一致，将对当今的营销潮流起到重要的引领作用。

"九天绿历经 20 多年的发展、沉淀与积累，已拥有雄厚的资源和实力；超豪华的研发团队、巨无霸的生产平台、高科技的药食同源健康产品、功德无量的治未病健康工程等广大核心竞争力！

"九天绿——这艘中国健康产业航母，已经扬帆起航，全速奔向九天绿人的健康梦、财富梦、幸福梦的彼岸！"

如此长篇幅的演讲，黄添友完全没用讲话稿，全都是脱口而出，而且越说越动情，言语之间，充满着一位企业家从"创业"到"建业"，从"站起来"到"长起来""壮起来"光荣历程的自豪。

是的，黄添友离他健康梦、财富梦、幸福梦的彼岸越来越近了。

"进军新三板，打造中国药食同源健康产业第一股，是九天绿健康产业集团跨入资本市场的第一步，也是九天绿做强、做大，走向资本市场发展战略的重要组成部分。九天绿能顺利登上'新三板'这趟高速列车，就步入了发展的快车道。

"集团董事局对公司上市工作高度重视，专门成立上市领导小组，聘请经济学家、上市辅导专家为顾问。2015 年 11 月 8 日，九天绿与安信证券、深圳上会会计师事务所、北京盈科律师事务所签订了上市合作协议，上市进程全面提速，经过历时 10 个多月的艰苦而卓有成效的工作，基本完成股改前各项工作，目前已进入上市冲刺阶段，力争年底前完成，确保明年年中正式挂牌上市。"

黄添友说到这里，提高了声音，台下的人受到极大鼓舞，如雷的掌声像从天边滚过，震耳欲聋。

"尊敬的各位嘉宾、朋友们，今年是我们集团第三个五年规划的开局之年，也是公司上市之年、申牌之年、营销之年、管理之年和质量之年。我们将乘上市和申牌强劲东风，全面做好各项工作，进一步抓好'一体四环'创新商业模式的推广和千城万店的发展道路，坚信公司的创新商业模式，坚信公司药食同源健康产品。我们有信心、有决心、有能力开好局，打赢这一仗！力争在三五规划期间，公司年销售业绩突破 100 亿元，以优异业绩回报股东。实现九天绿市值升到 200 至 500 倍的上市目标，为打造中国药食同源健康产业第一股而奋斗！"

从 1995 年到 2016 年，20 年光阴，九天绿已步入充满活力、朝气、健康而又强壮的青年期。

"三十功名尘与土，八千里路云和月。" 20 年一路走来，黄添友同他那些风雨同舟并肩创业的同事和员工，穿越改革开放的历史风云，会聚于这辉煌的厅堂里，有多少人已白了头；化茧成蝶，成就了不少精英。

此刻，黄添友怀抱着公司员工献上的鲜花，内心涌动着一种抑制不住的情思。他的九天绿几乎与中国的崛起同步而兴；在人生的舞台上，他从一名不甚起眼的小人物、配角，到主导一家大型企业集团的主角，于无数的曲折崎岖险峻中演绎出异常激烈澎湃的人生大戏！

第一章　童年记忆，少小情怀

　　20 世纪 50 年代中，地处粤东北、粤中与粤东交界处的现东源县原河源县，山岭起伏，树绿云洁，天朗气清；波光激滟的东江水，静静流淌，鸭凫燕掠，舟楫穿梭，从县东流入至县西而出，浇灌出了一方富庶的土地。季节虽已临近初秋，天还是显得稍为闷热；不知疲倦的鸟儿隐匿于高高的树丫枝条，像赛歌似的鸣叫。第二茬秋稻的秧苗儿从薄薄的水面探出了头，正拔着节儿苗壮地生长，蜻蜓和彩蝶盘绕其中，轻轻盈盈；掠水而过的燕子甚至也不时啾啾地唤上几声，叫出了河川山野间的空灵和寂静。

　　1956 年阴历八月初八日，太阳刚刚升离地平线，略带温润的光芒，立刻便染红了天际的云朵，形成灿烂而彤红的朝霞。鸟儿出了林，鸡儿出了窝，鸭儿出了棚，牛儿出了圈。池塘或溪水旁，已有早起的女人们在搓衣、洗菜，说笑声伴着她们轻轻哼出的曲儿，随着水流的哗哗声，传向村外，传向四野，传向山林……

此刻，一声初生婴儿响亮的啼哭，随着桥头这座地处粤中、东江中游江畔小村的苏醒，黄添友降生人间！

黄家居桥头村中央，上五间、下五间，带左右厢房，是一座典型的南式四合院。大门就开在下五间房正中央的那一间，而上五间正中央的那一间，则是上堂，设有专门的祭台和神龛。南式四合院的特点其实是只见房而没有"院"的；若非要说有"院"的话，那"院"就是由这四面房子围合而成的"天井"。它既采光又聚水；有的再摆上花花草草，既自然又亲切。

这座院子还有着令人赞叹的"风水"：上五间房后有座不甚高的圆圆的山包，被青青翠竹和森森幼松所笼罩，正应了民间"靠山"的说法；而下五间房门前则有一道清澈的溪水流过，它不算宽阔，但流得湍急，远远地就能听到哗哗的水响。水聚财，在民间人们也往往是这么认为的；溪水隔岸是一片几十余亩的稻田，平坦而又开阔，这就使得黄家门外显得格外明朗和宽阔，视界旷远，是宜居之家。

黄添友是黄家的第三个孩子。在他之前有一个大哥和一个姐姐。

是夜，黄家门口升起一盏彤红的灯笼。

添丁了！这就是挂起这盏灯笼所要告诉人们的。

"啊，生了老三！"桥头村临近黄家大半条街的人们纷纷相互传送着这一喜讯。

此时，黄添友的父亲黄炳招在双江镇桥头乡担任党总支书记，而母亲则担任村妇委会主任。父母这样的身份和角色，在地处偏远的农村颇为少见，所以很容易引起村人们的关注。在好长一段时间里，探视和慰问者络绎不绝，黄家门前很是热闹。

这是广泛流传于粤东一带的风俗。

这种风俗在桥头村或有五六百年历史了。

黄添友的降生是幸运的。

他出生的这块土地尤以地灵。

东源，在 1988 年河源设市之前称河源县；再向前推，其上古属扬州南境，战国时属楚。中原文化自春秋之后，由楚国传入包括东江流域在内的岭南。这是通过北方汉人或因随军征讨，或因逃难或因经商，或因找寻耕地等南下而实现的。而东江文明则始于秦，历史学家黄麟书先生在《客家南迁之始问题》一书中说："窃考屠睢 50 万戍卒多发自赵；客家始自屠睢等 50 万开发南越之人……故客家祖先多系赵人。其南迁始于秦始皇时。"这就是说，岭南人始祖，是随赵佗南征的秦军戍卒之一。

赵佗入岭南，因"邑有龙潭，自嶅山分注于川"，故名"龙川"，并自立南越武王。他"与百越杂处""和辑百越"，建佗城于龙川，是岭南有史记载的最早的城池，比广州的诞生还要早 14 天，至今已有 2220 年。"龙川"在历史上的首次出现，意味着广东东江地区原始状态的结束，标志着东江文明社会于此开端、发祥。

无疑，东江文明是客家先人建立起来的，就像后来说起东江人就是客家人一样。

黄添友出生的这块土地，人杰地灵。

除却秦始皇三十三年受秦皇诏封为龙川县令的赵佗，大唐宰相张九龄、唐宋八大家之首韩愈、诗人李商隐、北宋尚书余靖、文学家苏辙和苏轼、南宋丞相文天祥，都曾驻足这块土地，传播文化，著书立说。到明代及其之后，东江文化和东江文明越发发达和昌盛。明代著名哲学家、教育家、政治家和军事家，"心学"流派创始人王阳明，更于此创立阳明书院，推广理学文化，成为东江文化的重要支撑和顶冠上的明珠。

这里曾是伟大的民主革命先驱孙中山的入粤始祖地。

中国共产党第一批 57 名共产党员之的刘尔崧，1899 年出生于此地，1922 年参与筹备"中国劳动界第一次联合大会"，1924 年 6 月参与领导、发动省港大罢工，随后又发动组织广州沙面工人举行大罢工；1926 年 4 月主持召开广州工人代表大会第一次大会，被选为执行委员会主席。随后，与刘少奇等五人组成筹备委员会，决定在广州召开中华全国总工会第三次全国劳动大会。1927 年，蒋介石发动"四一二"反革命政变，刘尔崧参加中共广东区委紧急会议时，不幸于 4 月 15 日被捕，19 日被秘密杀害于珠江白鹅潭。

青年运动、农民运动、工人运动从事者、革命家阮啸仙，亦生于斯、革命于斯。他出生在东源县义合下屯，1921 年加入中国共产党，1922 年任中国社会主义青年团广州地委书记，1923 年出席党的三大，1925 年 1 月担任第三届广州农民运动讲习所主任。1934 年 1 月，在中华苏维埃第二次全国代表大会上当选为中央执行委员和中央审计委员会主任。同年 8 月任中共赣南省委书记、赣南军区政治委员。1935 年 3 月，在率领省委机关突围敌人包围圈时于战斗中壮烈牺牲，时年 38 岁。

最高人民法院原院长、首席大法官肖扬，亦出生在东源这块土地上。

他出生的这块土地还以物丰。

东源县正好坐落在北回归线上，气候温和，雨水丰沛，自然植物和农作物极其茂盛，不仅素有"北回归线上的绿洲""植物王国"的美誉，更有"粤中粮仓""经济作物宝地"之称。除却战争，这方风水宝地很少发生洪、涝、旱、虫等自然灾害，即便后来时常发生地震，大多烈度轻微，人们早已习以为常。如此，它便成为"中华蜜蜂之乡""广东省最大板栗基地""广东省优质茶叶基地"；如此，一大批特色、绿色生态名牌产品"仙湖茶""灵芝""双江西瓜""霸王花米粉""下林米酒""望郎回板栗"就被打造了出来；客家美食之东江酿豆腐、盐焗鸡、八刀汤、猪脚粉也令人垂涎不已。

他出生的这块土地，尚以景美。

"客家古邑，万绿河源"，既然这样称呼河源和东源，称万绿湖为这一辖区数十处景区之首，当之无愧。它是新丰江水库建成后形成的华南地区最大的人工湖，因其处处呈绿、四季皆绿而得名。水域面积达到 370 平方公里，湖中有岛 360 多个。其水域之壮美、水质之纯美、水性之恬美、水色之秀美，与云南西双版纳、肇庆鼎湖山一道，被誉为北回归线沙漠腰带上的"东三奇"。而以东江干流东源县段景区连缀而成的东江画廊，江风、竹影、渔舟、闲鹤，以及纵横阡陌的田园风光，如一幅幅客家乡土气息浓郁的水彩画，乘船畅游其中，立刻便有了"船在江中走，人在画中行"的感觉。

当然，在这数十处著名景观中，不能不提到苏家围和南园两处古村落。这些府第式客家民居大多已有500年以上历史。苏家围以姓冠名，为宋代大文豪苏东坡后裔聚居地，也是广东省藏有最多苏氏御匾的自然村。以方位定名的南园古村则有"大夫第""新衙门""老衙门""柳溪书院"30多座古建筑，集中展示了旧时潘姓家族富甲一方和客家人"忠孝传家，诗书启后"的崇文重教传统。

山河在，草木自生。黄添友的家所在的双江镇这块仅百多平方公里的地域，发现了形成于1.9亿年前的"菊石化石"，并且，离桥头村只不过两三公里的牛峙山，不仅是东源县内海拔最高的山峰，它上面南越王赵佗所筑就的另外一处"赵佗古城"遗迹，两千年时光逝去，其残存仍依稀可见。

秋深冬至，一眨眼三个月过去，黄添友满了百日。他被母乳滋养得白白胖胖，一双充满童稚之气的明亮大眼睛，不停地四下张望，像要看透这个对他来说是那么陌生的世界。

他们家门口更加热闹起来，从两个月前过罢满月到现在即将迎来他的"百日"，左邻右舍和村里的人纷纷前来道贺。虽然黄添友是黄炳招夫妇的第三个孩子，但全村的人们依然乐意去尽这份情谊。黄添友的父亲黄炳招这年30余岁，却有了五六年的党龄。这位老实憨厚的双江镇党总支书记，早前既无从政经历又没什么人脉背景，完全是凭着他积极的劳动、忠厚的为人、勤俭的持家，而被群众一而再、再而三地推荐入的党，并被上级党组织考核选中。而身为党员、担任桥头村妇委会主任的黄添友母亲也是如此。他父母二人在村里威信高，人缘极好，大家的登门完全是凭着心里的那份炽热乡情和由衷的钦敬，绝非冲着他们夫妇总支书记和妇女主任的头衔而来。

尤其是黄添友的母亲叶银笑，全村人无论老少、男女，都对她充满了敬仰之情，一则因了她的工作和人品，二则因了她的坎坷人生和不懈服务众生的追求。他母亲的身世和人生可以讲出一箩筐的传奇故事。

直到20世纪60年代末期，黄添友的母亲才找到她的出生地，才理清她的身世。

20世纪60年代末期，黄添友已经长成了机灵的少年。他上小学时，一年过春节，按当地习俗年初三是探亲访友的日子，全家人分好工，谁去走哪家亲戚，谁在家接待亲戚的到来。这天，细心的黄添友发现，本该高兴的母亲脸上却现出一丝不易察觉的忧郁。母亲情绪上的微妙变化，其实黄添友早几个春节已有所感觉，只是他年龄尚小不太在意罢了。

"妈，你这是怎么的啦？"到了晚上，亲戚们全部走完，黄添友小心翼翼地问母亲。

母亲慈爱地看了他一眼，好像这才看到黄添友长大了，已到了懂事的年龄。她轻声说：

"唉，孩子，今天也是妈该回娘家给你外公、外婆和舅舅们拜年的日子。可他们在哪儿呢？现在都不知道。"母亲的话语中饱含伤感。

黄添友这会儿也突然醒悟，是啊，别人家的孩子都有陪着母亲到外公、外婆家走亲戚的经历，自己长这么大都不曾见过外公外婆啊。

"妈，那咱去找吧？"哥哥黄添女说出了自己的想法。

"找？怎么找啊？"母亲疑惑地看着他哥俩。

"对啊，下功夫就一定能找到。"黄添女到底年长，显得很自信。

好在黄添友母亲的记忆深处还残存着她童年的一些零星片段。她告诉这哥俩，她模糊记得自己童年在现在东莞靠近广州的地方生活，家门前有棵大榕树，还有条河。她原来姓叶，七八岁时家里太穷，姐妹又多，父母实在养活不了她，便把她卖到广州。可是，买她的那家人却异常吝啬、苛刻，把她当成家里的童奴。一天，她终于无法再忍受下去，偷偷跑回东莞。但她的父母依然无法养育她，单靠两双手，9个孩子怎么养得活啊？父母担心广州的那家人再来找，就赶紧又把她卖到当时地属惠阳的河源县南湖镇。这儿离家远，黄添友的母亲仅凭着记忆可能再也找不回去了。寻根、归根，中国人的潜意识里对于认祖归宗，大概世界上再也没有哪个民族如此强烈，而天意却保佑着常怀回归愿望的人。

那么，到底该怎么下手去找呢？哥哥黄添女寻思再三，他想从母亲说话的口音上打开缺口。俗话说："百里不同俗，十里不同风。"人说话的口音也是这样。黄添友母亲说话口音既非广州更非河源，十分明显的东莞口音。但东莞那么大，各处口音亦不尽相同。黄添女又根据母亲的提示，邻近广州，家门前有榕树和河流，他找来详细的东莞地图，结合母亲的说话口音，把寻找的目光盯在了道滘镇。于是，他把母亲的身世写信寄到道滘镇人民政府，注明了详细的联系方式。皇天不负有心人，两个月后，道滘那边果然来了人。他见到黄添友母亲的瞬间，眼睛立刻瞪得铜铃般大：

"是大姐啊！"

原来，黄添友的外公、外婆当年决定把他母亲第二次卖掉时，细心的外婆吹灭油灯，用燃烧着的暗红灯芯在他母亲的眉宇间烙下一个疤痕，作为标记。这位来找人的堂舅，盯着黄添友他母亲眉间，就凭这块烫疤认出了老姐。

没过多久，黄添友的舅舅又亲自来到桥头村，接姐姐回东莞道滘去和母亲相认。黄添友外公在 60 年代已过世，这成为他母亲最大的遗憾。

果然，天意保佑恪守良心和孝道的人。

黄添友母亲的童年苦难艰辛，正因为如此，她从小就磨砺出了坚韧、吃苦耐劳的品格。自从她同黄添友的父亲结婚，来到双江镇桥头村后，便以其乐于助人、贤惠善良、勤俭朴实、相夫教子而令众乡亲对她赞不绝口，具有颇高的威信。黄添友后来说，他记事起除了看到母亲尽着本分操持家务，更多的则是看到母亲在外忙碌的身影。谁家的孩子娶了媳妇，她得去张罗着，引领新娘入洞房。谁家媳妇生了孩子，她像"月嫂"一样，照料起居，传授育儿经。就连谁家夫妻、婆媳、妯娌斗嘴吵架，她都会接连一两晚地"铆"在人家家里。清官难断家务事，但经他母亲出面调解，十有八九会风平浪静，和好如初。最让家人不能理解的是，就算哪家有人过了世，她也会不请自到，跑前跑后帮忙料理后事，能做多少是多少……

因为她的古道热肠、热心助人，新中国成立后不久村里发展党员，她受到群众一致推荐，入了党并且当上了村妇委会主任。

夫妇二人，同为党员，同为乡村干部，即使在今天的基层农村，也为数不多。所以，在黄添友所受到的启蒙教育中，父母的身教更胜于言传。这是他的幸运，更是他的成长优势。

他遗传了父母的红色基因。

1958年，双江成立人民公社，黄添友父亲黄炳招被选入公社党委担任委员。之前，他曾担任桥头乡、兰溪乡党总支部书记。

良好的家庭熏陶，丰饶的乡村生活，美丽的自然景观，黄添友无忧无虑、健康快乐地度过了幸福的童年。1960年年初，三岁出头的黄添友被母亲送进村里办的幼儿园，开始接受乡村最简单、最为基础的人文教育。他周围的小伙伴亦多起来，潜移默化中，团队意识和集体主义精神也在他小小的脑海里有了些淡淡的影子。

花开、结果、收获；播种、耕耘、收获。

不知不觉，黄添友家门前的溪水静静流淌了7年；太阳从高高的牛皮山后升起、落下又升起了7年。

"友仔，你准备去上学读书了。"父亲说。1963年初秋，黄添友穿着母亲特意为他缝制的新衣，拿过母亲自己缝就的书包，被母亲牵着手向村东头的学校走去。

第二章　农耕传承，适龄求学

客家古邑，秀美河源，农耕传统源远流长，生生不息。

1963 年立秋后第一天，黄添友开始了他艰辛的乡间求学。

也正是在这一天，黄添友创造了他人生的第一个奇迹。

村小学就建在村东口，离黄添友家并不远。

桥头村呈马蹄形，百多户人家环着村中央几十亩大小的稻田。屋后要么是山包，要么是低缓的坡岭，一条主街就围着稻田绕了一圈。其实，这座小村就是一处小盆地。

上午，母亲牵着他的小手送他到学校。

"知道几点钟上学吧？"下午临出门，黄添友母亲问他。

"知道。"他答。那会儿没有钟表，上学时间完全凭感觉。

"知道座位吧？"

"知道。"母亲很细心。

"那你就自己去吧，妈不再送你了。"

"好的。"

吃罢午饭，黄添友接过母亲递过的书包，乐滋滋走出家门。

午间，太阳光直泻而下，天仍有些闷热，几只残存的知了在树的枝丫上发出断断续续的鸣叫，很有些苟延残喘的味道。秋风拂过坡岭树梢，吹进小盆地，吹皱了溪流，吹碧了塘水。

"快啊，有人落水啦！落水啦！"急促的呼救声突然从校门口前的池塘传来。

原来村里几位一同上学的小伙伴在池塘边玩耍，其中一位不小心滑进了池塘。

黄添友闻声，飞也似的跑过去。

"阿友，阿友！"黄添友认得的那位小伙伴正在水里挣扎着叫他。岸上的几位同伴惊慌失措，吓得只在那里跺着脚喊叫，没谁敢跳下池塘出手相救。

黄添友扔下书包，三下五除二脱去衣裤和鞋子，一个猛子扑到小伙伴身边，一只手牵过他的手，一只手奋力划水，拼尽全身力气终于游到岸边。

还好，黄添友来得及时，这位小伙伴只是呛了几口水，并无大碍。

"阿友！阿友！"几位小伙伴围拢过来，不知道说什么好，只是呼叫黄添友的名字，以此向他表达着激动和谢意。

"我不会告诉你阿爸、阿妈的；你不会游水，以后在池塘边玩可得小心点。"黄添友一边脱下内裤拧干，再擦拭湿漉漉的身体，一边安慰受惊的小伙伴。

上学第一天，黄添友给自己上了人生第一课：他扮演了一次无名英雄的角色。对他来说，这看似平常的举动，其实则是父母的为人处世，包括对待工作的尽职尽责，深刻影响了他稚嫩却在逐渐成长、成熟的心灵。

父母是孩子最好的老师。这话似乎没什么新意，但一定经典。

就在前不久，发生在父亲身上的一件事，就曾引发黄添友对父亲由衷的钦敬。

"炳招书记，我们好感动，得谢谢你啊！"年前的一天傍晚，家里涌进十几位村民，既有颤颤巍巍的老人，又有青年汉子，人还没进屋不是作揖就是抱拳，有的还要下跪磕头。

"不要、不要。"黄炳招赶紧扶起他们。

"没有你老书记，大伙可就饿死了。"他们边起身边说。

原来，连着三年的自然灾害也波及了东江两岸，虽不及内地严峻，但部分家底不厚实、家境不富裕、缺少劳动力的农户，还是出现了断粮断炊的状况。公社和村里都做了些许补济，但无法做到持续和长久。相互借吧，大家的景况其实相差不多。眼看又要过年，怎么办？黄炳招急火攻心，嘴边长出一串燎疱。

"这样吧，把村里备用的部分稻种先借给那些缺粮户，等过了年，代替粮食的瓜果菜就都下来可以充饥了。"他把村干部叫到自己家，说出了他的想法。

"种子？那可是咱的命根呀！"听到要动用人们寄希望于活下去的稻种，几位村干部大都表示反对和怀疑。

"要是人命都没了，留着种子还有啥用？"黄炳招说。

"要不向公社领导汇报汇报？"也有村干部想上交矛盾。

"这个责我来负。让乡亲们吃饭要紧！别推来推去了。"黄炳招主动揽过责任。

"既然老书记下定决心，咱们借。"大家终于达成共识。

麻油灯如豆的火苗在祭堂里摇曳，影影绰绰。十几位村民逐一离去，而他们所表达的对于父亲的溢于言表的感激之情，却像刀刻一般在黄添友的记忆深处留下了至今没有磨灭的印痕。

世事无常，就在黄添友渐渐适应学校生活，安心上学的时候，父亲黄炳招却被公社辞退了：他患上了痨病—肺结核。

在当时，这种传染性颇强的肺结核，在人们的认知中不亚于令人恐惧的瘟疫。而对于黄炳招一家来说，更是晴天霹雳。

生活，为黄添友上了人生第二课。

生或死，黄炳招能够坦然面对。

让他不能忍受的是，从过去的每天忙碌不止，到现在的无事可做；从过去的人来人往进进出出，到现在的孤寂无语，有时候甚至是一整天一个人待在清冷的家里；从过去遇见每一个人，大家无不笑脸相迎、热眼相望，到现在礼节性地打个招呼，便匆匆而去。人情世故，可以想象，黄炳招难免感到失落和悲忧。

家里的生活也立刻陷入困顿之中。黄添友之后又添了弟妹，在他父亲还不记事的时候爷爷就已病故，奶奶现在年岁渐长，全家8口人却只有母亲一位劳动力。生活甚至窘迫到有时就要揭不开锅了。

性格坚韧的黄炳招知道劳动能够化解这一切。

"叭、叭。"桥头村后的山野间响起清脆的猎枪声。很是能想得开的黄炳招迈出家门，开始到山林里去打猎。他想，人多的地方不能去，那就到人迹罕至的山水间；反正病就这样了，医院住不起，在家闲着也不知道它会加重还是会好起来，倒不如不去理会它，到山里去打打猎，有收获正好可以改善家里生活，空着手回来就当到山林里去散心。

老天眷顾，幸运频频降临于他，他每次出猎总是满载而归。山鸡、黄猄这些小猎物回回得手；即便像野猪这样体形大、生性凶猛的猎物，他也是时有收获。每当此时，不仅父亲黄炳招要操持宰杀、煺毛、清洗这一切，黄添友和哥姐弟们也会被他调遣得满头大汗、跑前忙后，他们被父母招呼着给街坊邻居送肉，而且好部位的肉还要他们送给五保户和孤寡老人。

热情可以改变人，关心可以温暖人。

爱人以德，助人以诚，为人以忠。

黄炳招不再担任公职，成为一位名副其实的"闲人"，但他却以自己的言行影响着子女，践行着祭堂墙壁上从祖先传承而来的家训家风。

在岭南地域有一个值得仔细研究的文化现象：每座村落里的每一宗姓大都建有本宗姓的祠堂；除此之外，各家各户也大都会在祖屋中间建有一间祭堂。它除了用来节日或婚丧嫁娶祭祀，平时则是培养和教育后人的地方。黄添友家的祭堂就是一处典型的祭、教、学兼而有之的地方。他家祭堂的左右墙壁上，不知哪位先祖早就写下了这样的家训：勤劳、诚实、友善、助人。

也许是黄炳招实实在在做到了心性的放下；也许是摆脱了原有的繁忙公务，身心俱轻；也许他整日涉足山林，栉风沐雨，强健了筋骨……总之，他的结核病数年之后竟然不治而愈。

这正应了中国几千年流传下来的那句老话："否极泰来。"

黄炳招得以生机焕发，他在继续打猎的同时又养起了蜜蜂，也曾经采购松香。

而黄添友在课余时间的负担却未减轻，自父亲因病被辞，为顾家计，每天放学之后他不得不先去放鸭、喂猪、打柴火，晚饭后才有时间做作业、预习新课。并且，他所有的周末和寒暑假，基本上都到生产队参与力所能及的生产劳动，以多挣些工分。

年龄尚小、心灵尚脆弱的黄添友，过早地体验到了人生的困难和艰辛。但这或许并非坏事，日后成就了一番业绩的黄添友曾不无感慨地说："酸甜苦辣是品尝人生的好滋味，风霜雨雪是历练人生的好机会。"

苦难，是人生另外一位最好的老师。

所幸的是，生活的艰难并未过多影响到黄添友的学业。他的学习自觉而扎实，从来不让父母催促和操心。黄添友和哥哥同住一间房，哥哥上高中住校，房间里只剩他一人。他这间房里昏暗的油灯，是每晚最晚熄灭的，而且往往要被母亲催上好几遍。优异的成绩和突出的操行表现，让他的小屋贴满奖状。

命运历来是讲究辩证法的，你付出得越多，自然得到的也就命运，也历来多舛，1966年那场轰轰烈烈的运动突然而至，令人猝不及防。生活，开始为黄添友上了人生第三课。

如前所述，黄添友的父亲为家计既打猎又养蜂、收购松香，后来还养到深圳沙头角一带。这本来是为生活所迫，可仍旧被勒令"悬崖勒马"。尽管黄炳招在乡亲眼里仍然被当作老书记，他心里还是想不通，为什么凭着自己的辛勤劳动去过日子就不允许了呢？

父亲的不行遭遇，令桥头村溪水边黄添友他们这个家瞬间变得异常沉闷和不安。尤其正在长心智的黄添友，对于所遭受到的或多或少的冷遇，来自同学或伙伴们投来的或隐或显的冷眼，无不让他的心灵笼罩上了一层悲凉阴影。

他承受着那个年龄段不该承受之重。

爱说爱笑，爱好参加各类活动，性格开朗的黄添友，逐渐变得寡言少语。

但沉默并不是屈服，沉默有时释放的可能是抗争。命运，一定眷顾意志顽强者，而不屑于软弱者。家庭所遭遇到的不幸，将黄添友灵魂深处那种潜伏着的抗争意识逐渐唤醒。他尝试着用自己的劳动所得去改变目前的生活。课余时间，黄添友从过去放鸭、喂猪变成了烧木炭。他用从村民那儿学来的技术，每个星期天到山坡上挖地窑、砍柴，把烧出的一窑又一窑的木炭，拉到集市上去卖，换回生活费和学费，有时还能多挣一些交给母亲补贴家用。

时光荏苒。1969 年年底，黄添友在桥头村读完初中，以优异的成绩毕业，去到离家八九里地的双江公社读高中。由于离家比较远，步行不能按时到校，要骑自行车，用来上学的自行车便是用他卖木炭的钱买的，文具和体育用品也是用自己挣的钱买的。学校生活依然清苦，他和那时的绝大多数中学生一样，每个周末都必须回家背大米和咸菜。黄添友说，他较其他同学更辛苦的是，他还得亲自动手去做这一切，例如腌制咸鱼仔。

这时，虽然黄添友的哥、姐都已高中毕业，上了河源连平师范学校，参加生产劳动挣了工分，也帮衬父母做些家务，但有黄添友和弟弟、妹妹三位"吃闲饭"的，经济上还相当困难。所以，每个周末回到家，黄添友扔下书包，便到门前的溪水或池塘里捉小鱼。他脱得只剩下了短小的裤头，手持鱼罩或竹篮捞取鱼仔，然后，就着溪水或塘水，去鳞、开膛、清洗。他把里外打理得干干净净的鱼仔提回家，撒上盐腌上半天，再铺到竹筐里拿到太阳下暴晒成鱼干，上学的菜就这样解决了：往往上个星期晒成的鱼干就是下个星期的菜。

黄添友的勤奋好学习惯依然延续着。似乎生活越艰难，他的求知求学愿望就越强烈，他更加刻苦了。到了高中，他尤为注重动手能力，那种天生对神秘的自然现象充满好奇、探知事物本源的欲望，成为他强大的学习动力。他所在的班分别成立物理和化学两个兴趣小组，每小组3人。经老师推荐同学选举，黄添友因成绩优异、平时表现优良，被同时吸收进两个兴趣小组并担任两个小组的组长，这在同学中也是唯一的。

课余饭后，黄添友作为两个兴趣小组的组长，带领着他的组员们开始手工制作电器元件，展开小科研，先后缠绕成功第一只小变压器，用甘蔗渣经过发酵、蒸馏，顺利蒸馏出第一瓶可以饮用的酒⋯⋯

　　虽然参与兴趣小组只是黄添友求学生涯中的小插曲，然而他却说这对他日后的科研活动产生了自己都不曾意识到的帮助，例如项目选择、研究方向、思路设计、攻坚克难。

　　人的追求没有止境，人的智慧层出不穷，人的力量用之不竭。固然，此时的黄添友不可能会有这样深刻的人生感悟，但少年人对自然奥秘的探究心理则是一致的。他甚至开始倾心于家庭食品制作中所包含的科学道理。春节，是家家户户自制应节食物最多的时候，炸油果、油糍粑，做沙琪玛、打年糕，在这些五花八门的应节自制食品中，尤令黄添友感兴趣的是打年糕。他关注母亲打年糕的每一个细节：先把黄豆枝、芝麻秆、鸭脚木洗净，浸泡于水，再把水烧开，放凉后用它来和糯米粉。为什么不直接用生水来和呢？黄添友开始用心琢磨。他发现用这种水调剂而成的年糕，松软中不乏韧性，果木香味浓郁，而且有消食清火之功效。黄添友再去问母亲，果然如此。

　　若干年后，黄添友把药食同源作为"九天绿健康产业集团"上市第一股来打造，其理念大概正发端和启蒙于这个青葱和呆萌的高中求学时期。

　　1973 年仲夏时节，天越发变得溽热，雨水亦增添了不少。这是个毕业季。从小学、初中到高中，一波又一波莘莘学子，又都重新回到人生的十字路口。他们或依依不舍，或满满信心，或忡忡忧心。黄添友把铺盖行李卷儿绑牢在自行车的后支架，一番深情地环视教室、宿舍和校门后，毅然跨上自行车向着桥头村的方向飞驰而去。

　　一位成功人士曾经如是说：无论是知识还是品德，都应在年轻时打下坚实的基础。17岁的黄添友高中几年不曾虚度。他说，他人生性格的形成、人生理想的树立、人生追求的目标，无不形成于此。

　　骑着自行车，黄添友来到了他的下一个人生路口。

第三章　知青返乡，堪当重任

在中国，年轻人离开学校之后会面临很多种选择，而黄添友除了干农活之外别无选择：当兵，他尚不到年龄；考大学，大学不招生；招工，城里青年还在上山下乡。

黄添友生在农村、长在农村，尽管他对自己的未来有过许多憧憬和思考，但干农活既是本能亦是本职，所以，别无选择的黄添友没有丝毫的失落感。桥头村的村民们热情欢迎"回乡知识青年"。他是从桥头村走出又走回来的第一批四名高中生之一。

俗话说，不结果子的树是不会有人摇的，而没有才能的人是不会有人要的。黄添友天生聪慧，似乎走到哪里都容易引人关注，堪当重任。回到家里没几天，一日晚饭后，生产队长来到他家，先是同他父母寒暄，然后便开门见山："记工员虽不是什么队干部，但群众很是看重，找一位责任心强、记性牢、手脚勤快的人却不容易。我看添友行，人机灵又实在，当记工员大家伙一定放心。"

原来，队里的记工员自结婚生子后精力跟不上，记的工分总出差错，不是漏记就是少记。分、分，学生的命根；分、分，同样是社员的命根。他们拿汗水换来，凭工分吃饭。

父母本来就是热心公益事业的人，想着对黄添友也是个锻炼，他们满口答应，单纯的黄添友自然不会有异议。

队长的提议获得社员们的一致赞同，他立刻走马上任。

黄添友知道，连小事都不想干的人，说要干大事，那是吹牛。

尽管记工分并不是多么难和复杂的事，但黄添友懂得关键在于细致，不能少记或漏记。每天谁出工、干什么活，队长记给多少分，他都一一写在本子上，然后登门入户逐一核对。

想长远，干当前。每天时间的长短对谁都一样，但真不真干、实不实干，最终的结果却不大一样。三个月过后，有社员开始向生产队长反映，黄添友干记工员大材小用，他可以胜任生产队会计。

宝从地而生，才从勤而出；付出才有获得，奉献当受重用。群众的眼睛最为亮堂，众意难违，当了短短三个月的记工员，黄添友便被社员们齐声推举为会计。

要走平坦路，先有平衡心；要干大事业，先做眼前活。

黄添友毕业不到半年，便跨入生产队干部行列。

若要被乡亲们认可，则需努力做好别人做不好的事。

"阿友，你手上的活多了、重了，可得经心啊！"母亲常常提醒黄添友。

"再锋利的刀也得常磨砺；越想有能耐就得越发努力啊。"父亲照样打猎，照样养蜂，依然忙碌于山林野外，但他经常用这两句话反复叮嘱黄添友。

黄添友离开学校踏入社会的数月经历，顺风顺水。他意气风发却更加谨慎勤勉，父母的不断提醒和告诫令他不敢造次。与生产队其他干部不一样，会计一职有一定的专业性，但都不是专职的。所有的账目往来、记账、验账、核账，大多都在劳动之余完成，利用晚上或阴雨天不用到田间劳作的时间，如此，几乎每个夜晚黄添友都会在灯光下仔细做着每笔账目，严格地遵循着村里对会计的职业要求，那就是账不过夜。

尤其，黄添友从老会计那儿接手过来的时候，年底临近，就会计的活计来说头绪多、手续烦，经费账、粮食账、工分账，结账、平账、立账、清账，让他头昏眼花。然而，他每天都打起十二分的精神，不敢有丝毫的懈怠，甚至，连过年的时间都搭了进去。

一个人能否干好一件事，除了机遇，更在于干劲和拼劲。春节过罢，队里一年的账目全部上了墙，公之于众。出现在众人面前的贴满了一面墙壁的几张红纸上，整个生产队的账目字迹清秀；一行行一列列，张贴得整整齐齐。账目跟前一会儿便有群众围拢过来。人们目睹了黄添友清楚、经得起推敲和质询的账目后，无不震惊和赞叹。更有"好事者"拿黄添友所做出的账去和其他的生产队做比较，由此更加佩服黄添友的能力和素质："确实与众不同！"

"阿友，你过来一下。"过罢年的一天晚饭后，老队长把黄添友招呼到他家。

"何事，老队长？"黄添友好奇地问。

"我好好想了一下，我干生产队长都好多年了，年岁也大了，体力和精神头儿跟不上，我想把生产队长这副担子交给你，希望你能把它接过去。"

黄添友睁大了吃惊的眼睛，久久地看着老队长。

"你年轻，很有干劲；毕业还不到半年，记工员和会计这两件活都干得出色，大家都认可，由你来接队长，我想群众不会有意见。"队长预想到黄添友不会有思想准备，也一定会有顾虑，便鼓励他。

"队长的意思我明白，不过，我觉得还是看群众怎么选吧。"黄添友思忖半天，才迟疑地说。

"那好，待我向大队干部汇报，听听他们的看法，咱们再做下一步打算。"队长无意催促黄添友。

1974年的春天来了，湿气明显加重，而对于地处东江之畔的东源来说，季节的轮回在这儿一点儿也不分明。

一个肯干的年轻人，一个干一件事就干得那么漂亮的年轻人，终会引起人们的关注。

夜晚的乡村凉意尚浓。月亮和星星都在天上闪烁，林间觅食的鸡，草地上游荡的牛儿，全早回到了村里，四野的寂静渐渐弥漫到村庄上空。整个生产队的人围在桥头村黄家祠堂门前的老榕树下，老队长对着全生产队的人说出了他的想法。所有的人，包括黄添友的父母都借着微弱的月光望着老队长，惊奇于他怎么会有这样令人不可思议的想法："你这队长不是干得好好的嘛，怎么突然就要撒手了呢？"

"我是这样想的，友仔虽说才高中毕业，但在咱村像他这样的高中生还有几个？没几个。再说，阿友这一段不管干记工员还是当会计，他干得如何？都不错。我想，把队长这副担子交给他，他一定会干得比我更好。毛主席都说了，希望寄托在年轻人身上！"老队长说得诚恳在理，会场上开始传出嘈杂的交头接耳声。

"这个事呢，我也向大队里报告过了，领导们的说法是只要咱们大伙同意，大队不会反对。大家看看，就鼓个掌定下，让阿友接我这个班了！"

"哗——哗——"山村的宁静被突然响起的掌声打破。同时，大伙也想用掌声让黄添友站出来说上几句话。

"感谢老队长的信任！感谢乡亲们的支持！老队长要把担子交给我，就我这年纪、这阅历，挑起这副担子，我的确没十足的信心。刚才，大家鼓了掌，既然推不掉那我就试试看。咱们中国有句老话，一人办事难奏效，众人拾柴火焰高。咱们队的事只要大家拧成一股绳，劲往一处使，定会办得更好。"黄添友个头不甚高，又黑又瘦，但说起话来底气挺足，声音传得很远，回响在山村的上空。

与他的说话声一同回响的还有再次响起的掌声。

这才多长时间，黄添友就从一名普通高中毕业生完成了记工员到会计、生产队长的三级跳。人生就是赛跑，天天都在跨越。黄添友这位新近加入的选手，跑出了他当前最好的成绩。

不过，黄添友心里明白，干任何一件事不是一个人在跑马拉松，而是众人参与的接力赛。他暗自下决心，不论遇到什么样的困难和挫折，只要知众人之心、靠众人之智、用众人之力，就能谋到众人之利。

"阿友，还要谦虚不能骄傲，日后的难处多着呢！"父亲黄炳招眼见儿子越发有出息，还是反复提醒他。

春意浓烈，雨也多起来，稻田里盈满了水；坡坡岭岭上因冬天寒风吹刮而发了黄的草丛恢复了青绿；河面上成群的燕子时而掠过水面，时而擦过树梢。一江春水向西流，插秧的时候就要到了。可惜的是，由于前几年的影响，有不少稻田被闲置，有的甚至荒芜了，而另一方面则是社员们口粮不足的窘境。守着良田沃土却吃不饱饭，这是那个时代的悲哀。

"恢复旧田，开垦新田。"黄添友迈开了他当上队长的第一脚，燃起了第一把火。

沉寂了好些年的地头田间背镢头的人影稠密起来，说说笑笑声渐起，一块块新被开垦出来的田地，散发出泥土的芳香，它们立刻被灌满了水、施上了肥、插上了秧。这一年他的生产队新增、复垦稻田十余亩，到了6月，第一茬新稻收割，全队多收稻子一万多斤。

口粮大家不用担心了，但缺少钞票，依然不能算作真正的富有，社员们仍在依靠卖鸡蛋、卖鸭蛋，甚至卖树苗去买油盐酱醋茶。乡亲们的生活尚未富足的窘境刺激着黄添友。他沉思了许久，上任后即将迈出的第二脚、要烧的第二把火，在他心里已有了基本的考量：烧石灰和木炭换钱，让大家富起来。

早在上初中的时候，黄添友就曾利用星期天在自家院后的小山坡上挖土坑、砍油松，烧出一坑坑木炭，拿到双江镇去卖，换回零钱交学费和补贴家用，帮助他度过了艰难的中学时光。

烧石灰和木炭？我们不要小看了40多年前，18岁刚满的黄添友所想到的赚钱办法，在那样闭塞、完全不思改革的年代，他的这个想法在那个时代已经是颇为超前和大胆了。

最为可贵的是，黄添友的想法得到全体社员的认可。穷则思变，要想富就烧石灰，他的这一步毫无疑问又走到了点子上。

于是，在他所领导的这个生产队，全队社员一起动手，一股股青烟从山林间袅袅升腾；一担担纯白的石灰，被源源不断地送到河源、惠州、紫金，一路畅销。它所换回的不仅有生产队急需的农药、肥料、种子，社员们手中亦有了积蓄，一日之开门五件事油盐酱醋茶，一件都不再让人犯难，日常生活开始出现转机和向好。

有了希望，生活才算幸福！

埋头创业，方是创业之根！

黄添友的第二脚，又踢出了一个响；第二把火，烧出了个旺。

眼看着，黄添友高中毕业满了一年。眼看着，酷热的又一个夏天要悄然而去。后面紧跟着的秋，黄添友该会有什么样的打算呢？收割完了二季稻，出够了地力的田地也该歇息了。但地闲人不能闲，到了这个季节常规的活计是兴修水利，没过多久，大队果然做出了这样的任务安排。在乡村来说，这也是件不能忽视的大事。黄添友起初心里也没有底。他先是逐家走访，听听大家对完成兴修任务的意见。不少群众说，虽然年年这会儿都干着同样的活，但人手不够集中，领导们也抓得不够紧，出工不出活的事太多，几乎每年都不能完成大队安排的任务。那么，就把这次的兴修水利作为第三脚来踢、第三把火来烧。黄添友心里有了打算。

这年入秋的时候，黄添友被村里推荐为大队民兵营长。县武装部组织了为期一周的集训，在这里他第一次领略到了将队伍组织起来的力量。他向大队建议，组织一支青年突击队，由他担任突击队长，专捡急、难、险、重的活来干。这其实是新中国成立初期开展社会主义大建设时通常使用的办法。然而，时过境迁，没有谁再想到把它用在劳动生产上。

大队领导对于黄添友的提议大加赞赏。

黄添友从民兵营中挑选出几十位精壮小伙。

这次的水利工程应该说是工程大、工期长、难度高。规划修筑一条数十米高、近千米长的渡槽，同时在山顶上修建一个望天堂蓄水池，将山下河水引到山岗上，先行蓄水，再居高临下，利用落差，对山下的稻田实施灌溉。

"青年突击队"的红旗在山头上猎猎招展，开山炸石的隆隆炮声、扛拉石头的劳动号子声、人们神情愉悦的说笑声，回荡在山岗上，一派热火朝天的景象。

施工组织得法，群众热情高涨，渡槽在一米米延伸，蓄水池在一天天成型。而黄添友所带领的青年突击队亦在不断壮大—羡慕他们充满激情、活力、战斗力的村里其他年轻人找到他，强烈要求参加进来。他们说，跟着黄添友在这么一个特殊的集体里劳动，虽然干着同样的活，但就是心畅意快。

秋深冬临，黄添友还没来得及享受这秋高气爽的美好，冷冬仿佛一眨眼便来到了面前。与这个季节一同到来的，还有一年一度的冬季征兵的开始。

当兵，这是黄添友高中毕业时就想争取的，可惜他年龄小了一岁，硬性条件达不到。今年，机不可失。

"队长，你可不能走啊！"有突击队员听说黄添友想去当兵，急忙跑过来劝他。

"阿友，你看咱队这方方面面起色多大，这时候可不能丢下咱队这几十号乡亲啊！"老队长也找到黄添友，希望他不要去报名参军。

"我们还想让你到大队，咱们一起搭班干些事呢。"大队干部来到家里动员他回心转意。

黄添友少年时唯一的乐趣，就是和伙伴们跟在大人屁股后面去看黑白片的《南征北战》，以及百看不厌的《地道战》《地雷战》《平原游击队》等战斗影片。影片中激烈、宏大的战斗场面，英勇、威武、传奇的军人、民兵英雄形象，早就刀刻般烙印在他的记忆中，当兵和考大学是他一直以来怀抱的梦想。现在，实现梦想的机会来临，他岂能错过和放弃？

"到部队去干上几年，锻炼一下再回来，可能会干得更好。"他一一谢绝了他们的好意。

"阿友，别太累，快体检了。"临近体检黄添友还舍不得离开工地，父亲不得不找到工地上。

"你过来、过来一下。"体检前一天黄添友才待在家里。第二天，便去河源县灯塔镇应征体检。两个来月的高强度劳作，工地上日夜操心、来回奔走，他被晒成了黑人，憔悴而瘦削，年龄和体型、体表都不相称。正式体检前的目测，他便被医生叫到了一边，单独围着操场跑了三圈。

目测在医院操场进行，受检者被要求排成单人纵队，围着操场跑圈。黄添友知道标准体重不低于 90 斤，而他只有 80 斤。他拼命地喝水，把胃灌得胀胀的，没跑几圈胃的下坠令他难以忍受，气喘吁吁。最糟糕的是尽管如此，他还是被目测医生看出体重上的破绽。

"你的体重不够标准吧？"医生用怀疑的目光打量着他。

"稍差一点，一直在水利工地上干活，消耗太大了。"黄添友低声回答，满脸的真诚。

"怎么办？"医生显然同情他，但在严格的标准面前似乎又无能为力。

"我歇息歇息，吃几顿好的，等到了部队就肥起来了。"黄添友早有想法，口吻依然真诚。

"我这儿放过了，还有正式体检那一关。"

"过一关是一关吧。医生，我真的好想去当兵。"黄添友甚至有些哀求了。

真诚，方有心灵的沟通、情感的交流，方有体谅和帮助。

心诚则灵，目测，医生终是放过了黄添友。

正式体检，黄添友用同样的说法，说服了主检医生。

而更加万幸的是，除此之外，黄添友的体检没有查出任何问题。

政审，黄添友根正苗红，顺利通过。

半个月后，黄添友拿到了《入伍通知书》。

美好的愿望，变成了美好的现实。

黄添友 18 岁这一年运气特别好，命运特别眷顾于他。

一如 18 年前黄添友出生时那样，他当兵启程前的一天，众乡亲纷纷来黄家道贺。老队长也来了，依依不舍，握着黄添友的手说："在部队有困难也要坚持；既然当上了兵，再怎么着，也不能回头。"

青年突击队的伙伴们自然也来送行。两个多月的共同劳动，这些看上去粗犷甚至木讷的汉子们，此时此刻话不多，有的竟红了眼圈……

最感到幸福的当属黄添友的父母。当兵，对于他们来说，不仅使黄添友找到了他自己所希望的人生之路，从另一个层面讲，他们这个党员之家，用黄炳招的话说，在政治上他们对组织有了一个更好的交代。

1974 年 11 月末的一天，清晨的太阳从村后的山里升起，霞光笼罩了整个村子。黄添友家门前响起了鞭炮和锣鼓声，并有两只狮子，踩着节奏分明的鼓点在热烈从容地舞蹈。黄添友身穿崭新军装，胸前佩戴着鲜艳的大红花，被乡亲们簇拥着，离开了生活了 18 年的小山村，挥挥手，前往数十里外的河源县武装部报到。全县新兵将在那里集中后再启程。

第四章　告别田野，从军涉医

汽车，火车，汽车。

从河源到与广东省交界的湖南衡阳，距离不算太遥远。接兵干部说，他们新兵训练的地方就在衡阳。

一路上，黄添友的情绪一直处于亢奋之中。登上火车之前的18年，他不曾坐过火车，更不曾出过远门。尽管一路上的山水景致与家乡并无太大的差异，天还是那么湛蓝，云还是那般洁白，水还是那般清澈，但新奇和对于未来生活的向往一直在他胸间激荡着，令他欲静而不能。

理想、前程，涂上了五颜六色。

火车穿越长长的隧道，驶出大瑶山，驶离了岭南地界，天气陡然变冷，甚至有些刺骨了。寒冷丝毫冲淡不了他们这批新兵的风发意气，无论在汽车车厢里还是火车车厢里，总有一路歌声相伴。挥斥方遒的豪迈之气，呈现在每一个人的脸上。

接转新兵的军用专列火车，停在离衡阳市区不远叫茶山坳的车站。广州军区后勤部第 19 分部第 447 仓库，就坐落在这处环形的群山里。"热烈欢迎新战友"的巨幅标语挂在营区大门正上方，营门顶端插着的彩旗随风招展，猎猎作响。营门内夹道而立的老兵们用震天响的锣鼓声和热烈的掌声，迎接新战友到来。

黄添友背着在县武装部大院里刚学会打的背包，穿着略显宽松的军装排在队伍之后，昂首挺胸跨入营门。

人生，或许会有许多次的跨入，而关键的跨入则只有那么几次。黄添友这次跨入的不仅是一座新的营门，更是一次新的人生。

他的这次跨入，将改变他的命运。

没有什么过渡和铺垫，便是那一阵阵黄添友从未经历过的凛冽的北风。只不过三天，北风就吹裂了他的手和脚。手指被冻得红肿了起来，裂口里渗出殷红的血。裂口的疼痛黄添友倒能忍受，令他颇为无奈的是这钻心的疼痛使他常常控制不住动作，听到"立正"的口令他却站都站不稳，歪歪扭扭……

风上加雪。

雪，被北风吹来，漫过依然青翠的山峦，大地笼罩上一层霜样的白。

黄添友第一次看见雪，尽管只是薄薄的一层，他却高兴得只想在那雪地上打个滚儿。

而手脚上的裂口，依然在渗着血。

艰辛，往往使有志者成长和成熟，使意志薄弱者失望和失败。

经受过苦难磨砺的黄添友，虽然感受到了十指连心的疼痛，因初来乍到水土不服而感冒高烧。以往的经历告诉他，有志者往往因为艰辛而崛起，只有懦夫才会在痛楚面前屈服。他用信念和意志支撑着自己，除了每天训练结束后他比别人多用热水泡一次手脚、湿润皮肤、愈合裂口，感冒发烧之类对他来说已不算什么。并且，他自觉地为训练加码，午休时或晚饭后跑到操场一角，站会儿军姿，踢上几个正步，将砖头吊在胳膊上练臂力。

困难就是敌人，当你勇敢起来，它自然就退缩。黄添友依靠顽强的意志，战胜了困难，亦战胜了自己。

新兵连生活虽然严格、严苛，但也多姿多彩，学唱队列歌曲、拉歌、征文、演讲、书画、板报赛、开晚会、联欢，军营里除却口令声、口号声、番号声，还有歌声、笛声、锣鼓声和琴弦声……黄添友并非全能全才，而他积极参与其中，最拿手的当是作文和演讲。口才是他当年当生产队长和民兵营长练就的，作文他在读中学时成绩就在全班名列前茅，所以，连里开展读书征文或命题作文，每回都能领到奖品，一支笔、一个笔记本，大小都是鼓舞。

1975年春节即将来临之前，两个月的新兵连生活结束。这是一个刮着小北风太阳光格外爽朗的晴好冬日，一排长条桌罩着红绒布，摆在训练场观礼台前，阳光照射着显得格外艳丽，庄严的颁发领章帽徽仪式将在这里举行。缀上鲜红的领章帽徽，他们才算真正入伍，成为一名战士。

"黄添友。"

"到！"

黄添友迈着有力的步伐，出列走至桌前，举起右手，干净利落标准的军礼，从连长手中接过象征着革命旗帜和烈士精神的领章、帽徽。他激动得手心里沁出了汗，脸颊发热，心直咚咚地跳，忽然觉得自己这会儿方才真正地长大了似的，对未来的新生活充满了憧憬。

回到班里，他急忙把领章和帽徽缀上，顿时又增添了几分精神和威武。

"走，照相去！"新兵们生发共同的想法，连里专门指定干部带队，来到衡阳市郊一家照相馆，拍下了他们入伍之后，也是人生第一张军装照。黄添友想着赶紧把这张极有意义的相片寄回家，让全家人为他感到欣慰和骄傲。

新兵连生活在每一位军人心里都会留下特殊的记忆。它是人生的开始，也是为事业和荣誉拼搏的开始。它让每一位军人心里自此埋下了坚毅顽强、勇敢无畏、忠于信仰、奉献人生的种子。黄添友这块好铁开始真正接受军营生活的淬火，以期锻炼成一块更加坚硬的好钢。

接黄添友他们数十位新战士的敞篷卡车，驶出仓库新兵连向西开去。他们被分配到湖南冷水滩（后改为永州市）东安县另一座战略车材仓库。这座代号655的仓库分东西两个库区，横跨井头圩、川岩两个镇，仓库机关设在井头圩镇库区这一边。

库房是一座幽深的山洞，而营区则被前辈们建成了修竹环绕、绿树成行，鱼池、假山点缀其间的公园。时值隆冬，雪花不时飘落，道路、田野、山峦一片洁白。车队驶入营门，门头上的彩旗和道路上空横挂的标语，抖动于风中。所不同的是，路两旁挂起了两排灯笼，它们摇摆着，红得鲜鲜艳艳，烘托起一片喜庆气氛。
1975 年的春节就要到了。

甫下连队就赶上春节，除了帮厨做饭，新兵们暂无他事可干，
这让疲惫了两个月的身心获得短暂的恢复，成为他们最为开心的
时刻。与在家乡过春节不同，军营里的春节既热闹又多姿多彩，
传统的放鞭炮、吃饺子必不可少，开晚会、拉歌、团拜、短途游览，
一样不少，黄添友一点儿也不感到孤寂。尤其是那些入伍多年的
老兵，像对待亲兄弟似的，不仅把他们迎进营区，还帮着他们提
背包、挎行李、铺床垫、打开水，教他们包饺子。大年三十，刚
出锅的第一碗水饺一定会先端到他们面前。这天晚上，仓库领导
又会同他们一起参加晚会，出演节目，浓浓的军营气氛，军人情
怀被演绎得亲切、生动、感人……

这个夜晚，黄添友激动的心情难以掩饰，战友们在开展接下
来的打牌、下棋比赛，他则就着明亮的灯光写下了戴上领章、帽
徽后的第一封家书……

大年初三，黄添友接到他入伍后到库区站岗放哨的第一个命
令。欢度春节，战备观念不容有丝毫懈怠，站岗放哨巡逻，守卫
营门、库门、洞门是战士的职责所在，庄严而又神圣。第一次站
岗由班长带领，这是部队传统。哨位设在半山腰洞库门口，黄添
友全副武装随班长登上了高高的台阶，与班长并肩而立。雪映天光，
山路一片静寂；放眼营区和山下，灯火隐约，不时有炮仗声响起，
虽然不免遥远，却也响彻山谷，一派瑞气盈盈。

岗还没站过几班，春节热热闹闹地过去了。就在黄添友做好

安心守护库洞准备的时候，一连连长专门把他叫到连部，严肃而又认真地说："小黄，分部计划在全州举办卫生员培训班。库领导经过观察和了解，决定让你去参加，可要珍惜机会呀！"这完全出乎黄添友的想象和意料："领导怎么会选中了我？"

"好好学，学成后到咱们库卫生所，为官兵服务。"黄添友还吃惊地站在那儿，连长又说道。

黄添友冒着一身热汗走进仓库主任办公室，还是冒着一身热汗走出仓库主任办公室。"那么多的新兵战友，其中不乏入伍前就在农村当赤脚医生、学医有基础者，而为什么不叫他们去呢？"直到现在黄添友也未弄清楚仓库领导做出这个决定的缘由。

越是这样，越让黄添友感受到了无形的压力。当兵是大家共同的愿望，但具体到每个人到部队的目的则各有不同，能够学到一门技术大概为多数人所期待，例如学驾驶、学放映、学烹饪、学通信，包括学医。黄添友得其先机，这当然令他倍感意外和兴奋，他暗下决心一定要学好这门技术，将来为官兵服务。

临出发前，主任又叫他专门去了一趟仓库卫生所，现场感受气氛。景况的确堪忧，偌大的卫生所仅有一名医生代所长在支撑，要保障的官兵却有百名之多，设施设备简陋，药品品种数量不足……现场感受似无声的学前动员，令黄添友真切意识到了仓库领导的良苦用心。走出卫生所时他已有了自己的想法。

广西全州离东安并不远，也就两个多小时的火车车程。上了火车，黄添友为自己定下的目标是，不仅顺利拿到结业证，而且考试成绩要科科达优。

火车喘着粗气，拉响悠长的笛声，向东安西南方向驶去。初春时节，稻田里仗犁而耕者、施肥者、育秧者，甚至牧牛者不时从车窗外闪过，三三两两的白鹭在田畴间盘旋和寻觅，水绿而山青，一派盎然春色。黄添友倚窗而坐，若有所思，但他完全没有想到的是，对学习医学毫无心理准备更无理想规划的他，从坐上火车的这一刻起却与之结下了不解之缘，冥冥之中像有着一只无形的手，正牵着他一步步迈向医学的殿堂。

命运吗？既是，又不是。

面对医学这个全新的领域，学习卫生员技术，尽管只是基础医学中的基础，黄添友学习非常用功，一丝不苟。时间紧张，整个卫生员培训队纪律严格，管理严密，学风严谨，氛围严肃。刚开始黄添友还有些不适应，上课、训练、一日生活制度，安排得十分紧凑。尤其在学习上全部是新概念、新术语、新符号，无一不需要死记硬背。好在，他有着自觉学、用心学，反应快、接受快、消化快、掌握快的优势和特点，以及较强的动手能力，考试成绩像在中学时那样，依然不俗。特别是后半段课程，操作动手显著增多，这也难不倒他，天生动手能力颇强的他，穿刺、给氧、鼻饲、下胃管……样样干净利落。

类似于军校，卫训队对一日生活制度的要求到了苛刻的程度，积分上墙，队前点名，班务会检讨，偶有闪失，触碰到任何一条，都会令人自觉羞愧。黄添友拿出最大的决心，严格自律，值日、帮厨、站岗，打扫卫生、助学后进生，尽其所能，司职而尽责，循规蹈矩，竟无一事违规。

使命感、责任感，造就出成就感。1975 年"五四"前夕，积极要求上进的黄添友向卫训队团支部递上入团申请书。"五四"这一天，他终于站到了鲜红的团旗下，举起宣誓的右手……

要改变自己，首先得升华自己。可以说，黄添友在入伍的第一年便完成了一次蜕变和升华。

1975 年年底，又一个冬天来临的时候，黄添友从卫训队结业，自全州回到东安，背包里夹着一张各科优秀的成绩单、数张奖状和一本团员证。他兑现了自己的承诺。

仓库派来接站的吉普车直接把他送到卫生所，从这一天开始，偌大的卫生所他似乎成了真正的"主人"。除却看病和开处方必须由那位医生代所长来做，其余，诸如器械消毒、取药送药、打针、伤口处理、护送病人，直至清扫卫生，全搁在他一人身上。他吃在连队却住在所里，兼着晚上值班。里外不胜忙碌，不免辛苦，他却倍感充实，每天像有用不完的劲儿使不尽的精力。

这些他都能胜任。然而，也有让他感到吃力的突发事件。

"小黄，你跑步到招待所来！"1976 年 7 月的一天中午，仓库主任突然打来电话，口吻急促。

这几天，军区许世友司令员来仓库视察，黄添友和全库官兵一样，几乎 24 小时坚守在岗位。他跑步来到招待所，许司令和带领的工作组正住宿于此。

"你立即护送许司令的警卫员到衡阳 165 中心医院，他高烧不退，咱这里的药物已经无法控制。"随行工作组医生交代黄添友。

这已不是黄添友第一次护送病人前往衡阳。卫生所毕竟条件有限，仓库官兵一旦出现危急病情，便得迅速上送。不过，这次病人身份不同，黄添友变得更加小心翼翼。途经东安的火车车次不多，三个小时的车程不可能买到卧铺，所以，黄添友每回都得把自己的座位让给病员，安顿他躺下来，他当然只能站着。

输液、打针、服药，三天过后，警卫员体温恢复正常。这三天黄添友一刻不离陪伴在侧，悉心照料，令这位警卫员大为感动，连连说："小弟你辛苦了，以后有什么需要我又能帮助到你的，千万别客气。"许司令的警卫员也只有 20 多岁，来自农村，同样朴实淳厚，但高大英俊，看上去机敏而练达。

黄添友憨憨一笑，便算做了回答。在工作对象面前，他的话从来不多。

天，渐渐炎热，仓库门前那条不甚宽阔的河道里，终日人满为患，附近还不时传来用电点燃雷管来炸鱼的爆炸声。

"不好啦，电到人啦！"一天清晨，川岩镇的一位农民正在电鱼，因线路漏电，被击昏在地。围观村民一边呼救，一边跑向仓库大门口值班室。川岩镇医疗条件差，每每发生诸如中毒、高烧、腹泻这样的急、险病，村民们潜意识里想到的便是部队。

黄添友接到哨兵电话，三步并作两步跑到河边。电源被切断，然而，受电击者已气息全无，听不到心跳。黄添友立即俯下身，实施胸部心脏复苏。一、二、三……数十次之后，他再口对口做人工呼吸……就这样按压、人工呼吸，人工呼吸、按压，他一个人反复地做着，也只有他一人能够这样做。汗水，挂满了他的脸膛，后背也早被浸湿。他还没有吃早饭，按压的双手开始发抖，不得不用上全身的力气……

十分、二十分、三十分过去，奇迹发生，受电击者终于有了微弱的心跳和脉搏，细弱、游丝般的呼吸亦渐渐恢复。

"解放军，救命恩人哪！"众人松了口气。

"了不起，真了不起！"众人竖起大拇指。

受电击者家人将一面锦旗送到了仓库。

仓库领导在全体军人大会上宣读了对黄添友的嘉奖通报。

1976年年底从各方传来消息，即将恢复高考。考大学，一直是黄添友的一个梦。为了使这个梦不致破裂，他入伍一年多来尽管不停奔波，忙忙碌碌，但从不忘记温习文化课，节假日时间都被他投入了进去。而平时独守卫生所一隅，不免清冷和孤独，倒为他提供了更为静谧的学习空间。

现在，离圆梦更进一步，他让家人寄来了所有高中课本。

从此时开始，除了必须参加的集体活动，黄添友总是一个人待在宿舍里埋头复习。过了1977年，1978年春节又到了，营区里彩旗、灯笼、鞭炮、晚会、电影、游园，比平时热闹和喜庆了许多，黄添友每每依然不为所动，心静如止水。而且这一年多来，数百个日夜仓库放映数十场电影，他一次也没有去看。他的目标只有一个，那就是不忘初心，考上军校！

一门心思报考军校，并不影响黄添友的工作。八小时内或以外，凡是该他干的事儿他一项都不会落下，挎起药箱跑洞库，下连队巡诊，到机关、家属区送药上门，去食堂监督食品卫生，沿营区消毒灭蚊……积极工作的态度，扎实服务的作风，勤奋好学的精神，赢得仓库上下官兵一致好评，特别是仓库领导的认可。
1977 年 6 月，黄添友再次迎来了他人生的飞跃和升华。"七一"
前夕，他被正式吸收为中国共产党新的一员！举起右手宣誓的那
一刻，他为自己立下一道雄心壮志：一生必须做出一件足以令自
己感到欣慰、让生命闪现出光彩的事情来。

入党，使黄添友更加自豪的是，他不仅完成了自己的人生理想，
甚至完成了一个家族的嘱托。此刻，除了父母是他们家两位老共
产党员外，大哥黄添女从河源师范学院毕业后，在一座村小学当
老师兼校长和学校党支部书记；他入党后没过多久，高中毕业的
弟弟黄添胜不仅入了党，而且当上桥头村党支部书记；他的姐姐
虽然没有入党，但找的对象却是一名共产党员。他们这个家庭成
了双江镇甚至整个河源县的奇迹，真可谓是"红色之家"。

不仅如此，党员身份甚而成为他思维中的一个元素。1983 年，
黄添友与他后来的爱人、同为第一军医大学中医系教授的佟丽相
遇相恋。一次闲聊，他突然问她："你什么时候入的党？"他本
来想显示一下自己的入党早、进步快。不料，佟教授瞪了他一眼：
"我入党时你可能还没当兵呢！"原来早已摸清他整个人生活底
细的佟教授，早在 1974 年作为城里知识青年下乡期间便入了党。
黄添友这年冬天参军。佟教授进而告诉他，她的母亲此刻还当着
一条街道的党支部书记。闻言，黄添友"噗"地开心笑出了声：
如果这样，有着血缘或生活联系的三四家人，再加上未来的岳父，
9 位党员可以成立一个党支部两个党小组了。黄添友不仅满意了，
而且高兴了、放心了。他的思维和行为完全符合那个年月的人生

态度和更为广泛的政治、社会生态。

幸运的人生，似乎更多眷顾不懈的追求者，平凡之人追求非凡，虽然其过程不免曲折和坎坷，但追求的结果往往是幸福的。这一年冬天，入伍已满三年的黄添友服役到期，该复员归乡了，他在心里也做好了复员准备。

"小黄，你到我办公室来一下。"仓库政委这天把他叫去。

"报告！"黄添友立正站到政委面前。

"小黄，根据你的表现和卫生所工作需要，经仓库党委专门研究，报分部军务科，批准你超期服役。现在是走留关键、特殊时期，卫生所人手少，工作量大，你要多辛苦点，顶得住。"政委几句话，令黄添友既惊喜又深感责任重大。

"是！"他不知道是怎样离开政委办公室的，只记得大冬天却出了一身的热汗。

仓库的这一留，成全了黄添友另外一个完全不同的人生命运。

1978年年初，仓库接到正式通知，解放军第一军医大学将在广州军区和武汉军区各部队实施定向招生，凡入伍一年以上义务兵经过政治审核均有报名资格。

隶属于解放军总后勤部的第一军医大学，1969年冬从长沙搬迁到广州，安置在已停办多年的暨南大学校址。这所在抗美援朝战火中创办于黑龙江省齐齐哈尔的军队医学高等学府，先南迁长沙，再南迁广州，于20世纪六七十年代遭受严重创伤。现在经总部研究决定，要逐步恢复到教、医、研正常状态，可谓百废待兴，急需大批科技人才予以补充，所以，在还没有面向全国招生之前，学校经与广州、武汉两个军区协商，决定在已适应了南方炎热天气的这两个战区的战士中招取，办班培养人才。

机遇不可错过，黄添友第一时间报名。

整个19分部有12名战士报名，而军区给予的名额为6位，录取率50%，但必须参加第一军医大学自己组织的文化课考试。考场，设在衡阳19分部机关大院。1978年6月，黄添友一行12人，像古时的赶考书生，挎着书包，带上几件换洗军装，登上开往衡阳的火车。

第五章　结缘医药，军校深造

　　由于文化功底还算厚实，准备比较充分，黄添友以总分第二名的优异成绩考入了第一军医大学。

　　黄添友圆了大学梦。但最值得他憧憬和期待的是，这次考试将会彻底改变他的人生走向——两年深造之后，他将从一名士兵、学员，成长为一名军官。这是人生的根本改变。

　　黄添友的激动是自然的。这一重大人生目标的实现，它所包含的意义对于他个人来说，已远远超过改变人生和身份的范围，否则，在他后来的人生履历表上，很可能就找不到保健品专家、著名企业家的记录，头顶上也极有可能戴不上教授的桂冠。

　　同样按捺不住喜悦心情的当然还有黄添友的父母和亲友。正在为恢复干部身份而奔走的父亲黄炳招，请来了县里的电影队，在村里连放三场，黄家门前再次像过节一样人来人往，笑语连连。老队长更是逢人就竖起大拇指："当初，我就看阿友这仔有出息！"

这不仅是一个家族的荣耀，也是一座村子的荣耀。

8 月的广州，蒸笼般的闷热。远离闹市的军医大学暂借地暨南大学校园，安静而孤寂地矗立在连片的稻田之中。1976 年之后，暨南大学恢复办学，军医大学也要加快发展，军委和总后勤部决定在广州东北的麒麟岗上建造一处全新校舍，正如火如荼地进行着。来自部队的学员不需要再军训，便直接走进教室上课。曾经有过八个月卫生员技能培训，又有过两年半医疗岗位工作实践的黄添友，专业课程学习起来要比其他同学轻松得多，自然成绩也是最好的。教员叫他到讲台上介绍学习经验，想了许久，他用四个字做了概括：用心就好。

"用心就好"，成为黄添友从此之后求学和求知的座右铭。

"用心就好"，这四个字，何止启迪于求学，做任何事情不都得如此？

"用心就好"，一年的专业理论课程学习，黄添友顺利完成。

1979 年 9 月，黄添友开始实习。

实习原本安排在中医系实验室，因为旧实验室过于简陋，无法满足最基本的条件要求，而麒麟岗新实验室尚在修建之中，他被安排到学校免疫教研室实习。可喜的是，这次实习点的变换让他进入设立于此久负盛名的全军免疫中心，并有幸求教于免疫学名家李文简教授。

求知的钥匙有两把，其中之一便是实践。黄添友的动手能力在他高中求学阶段便已经展现。他仿佛天生智慧，即便尚未毕业之前的一般实习，亦敢在带教的带领之下展开科研，承担课题，并且从一开始便瞄准前沿。这既是一种勇气，亦是一种魄力。一般的实习，是带教怎么说学生就怎么做，或者帮助带教老师打打下手、跑跑腿，实习掌握基本技能便算达到目标和要求。而黄添友的做法却与他人完全不同，那就是起点高、科技含量高、学术价值高。他先后申请到了"肿瘤细胞简易测量方法""肿瘤对胸腺的影响"两个课题。

然而，心气颇高的黄添友不曾料到，进行深入的专题性科研，不仅枯燥而且极度消磨人的意志和毅力。有时，为了抓住稍纵即逝的机会，顾不上吃饭，也睡不好觉；有时，为了等待一个数字、结果，守株待兔般枯坐在实验桌前，即便上趟厕所，也得跑步；有时，实验结果哪怕与比照数据有极为细微的差异，也得推倒重来……尤其是实验进入关键时期，必须高度集中注意力，投入的巨大精力，体力的透支，往往令人产生一种身处地狱的感觉。

天气仍是那么酷热，树叶受到烈日的曝晒，发蔫卷边；鸟儿，都躲到了树林深处，听不到丝毫悦耳的鸣叫。那会儿电风扇都很少，空调更没有见到过。人们待在家里不自在，走到户外更不自在，酷暑令人无处可藏，令人越发地无所适从。

即便如此，黄添友还是不得不守在实验室里。别人上班他上班，别人下班他依然还在上班。这是个宁静的夜晚，按照实验设计和步骤，该是肿瘤和胸腺细胞出现变化的时候。黄添友端来一盆自来水，放在台案之下，将双脚伸进水里，降温除热。他原本想利用这短暂的"享受"打足精神，并耐心期待理想实验结果的出现，却不想恍惚间竟进入了甜美的梦乡，就那么趴在实验台上打起呼噜来。当他愣怔一下醒来，发现头发被汗水浸淹得湿漉漉的，案台上也流下了一摊汗水。

这是何苦呢？本来读的就是培养技术员的中专班，非要做本科生毕业后方开始做的实验，难道不是自讨苦吃？夜更深，他用疲惫的眼盯着天花板，默默地想。

别人教的方法再好，不如你结合实践求得的结果来得真实。这是上课时每位教员几乎都会讲的一句话。

痛苦的磨炼，是追求高境界的开始。人如果没有追求，就像鸟儿的翅膀系上了金条，永远甭想飞翔起来。

这个夜晚黄添友不仅收获了理想的实验结果，他的人生思考和事业观亦经历了一次凤凰涅槃后的浴火重生。

从这个夜晚，开始，他只要守在实验案台前，就会每小时为闹钟加上一次发条，让它提醒着他。

李文简教授眼见这位年轻小伙这么痴迷于科研，对工作如此之投入，不由得竖起大拇指："是块好铁，淬淬火成为一块好钢，为期不远。"

《肿瘤细胞的简易测量法》《肿瘤对胸腺的影响》，实验过程和结论被黄添友写成两篇论文，相继发表在《第一军医大学学报》和《中国免疫学杂志》上。这对于在读的中专生来说尤为不易，也令其他学员、教员对他刮目相看，就连学校的专家教授们也感到惊奇和不可思议。

季节在黄添友的物我两相忘中轮回。命运注定，1980年在他的人生履历中是不寻常的一年。在众人的热切注目之下，在他的急切期待中，6月，他终于顺利拿到毕业证书，成为一名年轻军官。他如愿分配到第一军医大学最有特色的中医系，并随即参加全军中西医结合研究中心的筹建工作。更加幸运的是，建于麒麟岗上的大学新校舍已基本竣工，整个学校开始从暨南大学迁入麒麟岗。搬迁到新校区后，黄添友领受的第一项任务便是设计、装修、组建中医免疫实验室。如前所述，学校百废待兴，中医系虽然是学校的特色系，依然人才缺乏，就科研来说几乎找不到人手，申请不到课题，更别提有分量的课题了。黄添友初出茅庐，便被赋予如此重任，一是他有实习时打下的扎实基础，二是系领导求贤若渴，他具备这样的素质和实力。

智慧出自学习，毅力出自磨砺，成绩当然出自实干。

在科研上黄添友虽然是个新手，然而，从不畏首畏尾的他从一开始便显现出干什么事都颇具气魄的性格：装修材料可能不是最好的，却能获得出人意料的效果。不过，选择实验仪器和设备他却会千方百计说服领导，购买回最先进和最精密的。功夫不负有心人他组建起来的实验室被学校确定为"范本"，成为"窗口"，凡上级或校外、校内有参观安排，他们的实验室是必到之处。这为学校、为全军医科院校中唯一设有的中医系赢得了荣誉和口碑。

更难能可贵的是，黄添友申请课题，继续开展科研有了用武之地。他白天忙碌在工地现场，晚上则回到办公室和实验室，开启仪器、计算数据、审验结果。他依然坚持围绕中医中药做文章。外界对于中医中药的种种"说法"，他早有耳闻，但他对传承了数千年之久的这一国粹，既充满好奇又满怀尊重和虔诚，尤其通过前一段他曾经做过的两个实验课题，使他体会到，中医中药发展前景广阔，它的预防、治疗、保健功能不容怀疑。在之后的 30 余年，黄添友的这种认知一直没有改变。直到今天，他仍率领数百人的团队，挖掘这其中的宝藏。黄添友仍以中医中药的抗肿瘤、抗风湿、抗衰老、提高免疫力为研究方向，在国内核心期刊上发表一系列高质量论文，并把攻关目标瞄准"用中医方法提取植物肿瘤疫苗"前沿课题……

不懈的努力，是登堂入室的一级台阶；而长于思考则是开启科学殿堂的钥匙。毫无疑问，黄添友的双脚已经踏上探索中医学奥秘这一坎坷的道路，但要真正找到打开这一奥秘的钥匙，还有漫长的路要走。他感到自己知识的不够用。这会儿，一个大胆的甚至极具挑战性的想法，像一粒种子撒进肥沃的土地，在他的心底里悄然生芽——自学本科课程。

人生，没有目标追求是令人遗憾的；若不去追求目标，则更为可悲。

若干年的人生磨砺，黄添友所形成的性格特征已经非常明显，那就是任何时候、任何时刻他对未来都充满信心、勇气和力量。他找到系主任和学校训练部领导，讲出了他的想法。领导当然无不为他的自觉进取精神称赞叫好，特批他可以持中专学历报读临床医学本科，不脱产自学，参加年级考试，各科成绩合格后发给本科文凭。

跳过大专这一层级直接读本科，而且不能放下工作，这既挑战着黄添友的意志，又考验着他的毅力。

　　面临挑战和考验，黄添友加快了工作和生活节奏。时间对于每一个人都是一样的，而他别无他法，唯一所能够做到的就是透支自己的体力和精力，甚至胜过1977、1978年考军校复习备考那一段艰难时光。他开始小跑着上厕所和接电话；办公室和实验室的灯，几乎天天通宵而亮；节假日被他从生活的日历上面抹去了。他没有烟酒嗜好，应酬极少；他没有文体爱好，想要强壮的身体必须要增加锻炼……

　　忙碌中，秋天远去了，冬天也远去了，1981年的春节悄然而至。

　　当兵六年，黄添友离家越来越近，却一直没有机会或者说他不曾主动回到距广州只不过四个多小时车程的家中，去看看已进入花甲之年的父母。

　　"回家，过个年吧！"父母托人捎来口信。

　　黄添友无意也再没有理由可以拒绝父母，他打算回家过年。

　　即便下这样的决心，他也纠结了许久。

　　春天虽然还没有来临，北国还处在隆冬时节，但从车窗里向外望去，岭南山水的清秀依然，天空的湛蓝依然，鸟鸣和鹰击长空依然。气温在低温区徘徊了许多日子，人们依然不需要过厚的衣物来包裹，更显出精神头儿。这就是生活在南方的人们所受到的大自然的格外恩惠。黄添友坐在不胜颠簸的长途汽车里，用欣赏的目光贪婪地张望着车外飞驰而过的景物，甚至一只飞鸟，心情愉悦而舒畅。

　　游子归乡，或许都有这样的情绪，那就是近乡情怯。黄添友亦不例外。当桥头村的轮廓出现在视野，当大哥走出村口前来迎接，当他真切地看见双鬓均已花白、面容略带憔悴的父母相互搀扶着，站在家门口望眼欲穿，正等待着他归家时，他的眼睛湿润了。他紧拉着二老的手，那么多想说的话，却一时语塞，默然无言……

放鞭炮、吃饺子、走亲友、访同学，黄添友尽情地享受着春节所带来的快乐。除此之外，他最乐意的就是爬山，造访田野和沿着溪水行走。不是为了放松绷了几年的神经，也不是观赏风景，而是在追寻过往的足迹，回想曾经劳作期间的逝水沧桑。料峭的寒风吹起他的头发，扑在脸上有些疼。他眯着眼深情地前后左右张望。在做出春节探亲决定之前，他就曾想，多走几遍家乡的田野。故乡的云和月、风和雨、轻霜和微露都曾经烙印在他的记忆里。此时此刻的重温，会赋予他新的更为充沛的前行动力。

鞭炮声还在村子的上空不时地炸响，走亲戚的人们还在乡间的小道上穿梭往来。年尚未过完，黄添友归队的日子就要到了。父母亲依依不舍，边帮他打点行李边说："离家近了，过年过节就常回来看看。"

黄添友不知该如何作答。他不想欺骗自己，更不能欺骗两位老人，如果照实回答，那一定会伤到两位老人的心：他根本没有离开实验室的时间。

天地有灵气，古人如是说。探亲归来的黄添友果然精神更为振奋，浑身像是有用不完的劲，每天活跃在办公室、实验室、学习室。他不仅按计划、进度和程序完成着常规工作、实验内容和专业课程，而且受李文简、陈宝田、张万岱三位专家教授的委托，行政上管理、实验上指导着他们所带的研究生。

有所作为的人生会像火炬一样燃烧，越来越旺。苦甘酸辣皆有益，人生路上多实干。黄添友总感到有一股神奇的力量在激励着他。1981年、1982年，两年过去了，黄添友所取得的骄人成绩，不仅在中医系、在学校引人注目，而且被总部机关要求写出事迹材料作为典型上报。

黄添友坚信这样一句名言：将生命沉沦于安乐中，得到的将是愁苦和悲哀；将生命投入到奋斗中，得到的将是成功与幸福。如今，他的这句座右铭得到验证和回报。

1983年3月，浓浓的春意早早来到南国，除了惠畅的和风还有绵绵的细雨；西距学校不甚远的白云山，更加葱茏青翠；从山谷中生发蒸腾而起的云絮，乘着风顺着坡向着山巅飘升。校园里莺歌燕舞，花繁气香。世界如此之美好温馨，黄添友接到通知，作为全军自学成才标兵，他入选全国英模事迹报告团，即将赴京在三总部机关及驻京部队做巡回报告。

消息如春风般在校园里迅速传播开来。据说，报告团成员既包括对越自卫反击作战英雄，还有全国学雷锋标兵，其中张海迪自然最令人注目。

黄添友所获得的殊荣，在第一军医大学建校史上为数不多。学校领导欣喜之余给了了足够重视，一方面督促黄添友所在的中医系深挖搜集整理更详细典型的事迹材料；一方面指示学校政治机关组织写作班子精心起草、打磨他的报告，典型性、文采、气势三者必须融于一体；一方面要求学校宣传处专门为他请来演讲、朗诵专业人士，悉心指导从上台、敬礼到报告时的语气、声调、表情、眼神等细微之处的举手投足、颦笑颔首……

4月下旬一天的午后，接连下了几天的雨终于停歇下来，久违的阳光轻轻抛洒，校园里顿时生机平添。黄添友身着崭新绿军装，器宇轩昂，光彩焕发，被前来送行的校、部、系、院领导和教职工、学员簇拥着。学校组织了简单但不失热烈的欢送仪式，人们一直把他送到送站的吉普车上。

4月下旬之末，北京，仲春之后的阳光尤为明媚，遍洒前门、天安门城楼、故宫殿阁和北海那高高的白塔。密匝匝的柳絮、杨絮，雪练般在空中飞舞，营造出童话一样的世界。是夜，人民大会堂会见大厅灯光彻亮，辉煌而庄严，英模事迹报告团成员、军队各大单位政治主官、地方政府工作人员，济济一堂，等待着一个激动人心的时刻。时任中共中央政治局委员、中共中央书记处书记的习仲勋，将在这里接见他们。

欢快的《迎宾曲》响起，身穿灰色中山装的习仲勋同志，微笑着频频挥着手，健步来到大家中间，握手、问候、合影、讲话……习仲勋同志的讲话铿锵有力、声如洪钟。一阵阵掌声和大家欢快的笑语回荡在大厅上空。黄添友倾听着，凝望着，兴奋、激动，极不愿这幸福的分秒就那么轻易地消失、过去。他心情澎湃，热血奔涌，信心、勇气、激情混合而成的神奇力量，灌注于他的四肢血脉，一股风发意气令他全身充满蓬勃生机和张力……

次日，时任解放军总政治部主任余秋里，在总政会议中心专门接待英模事迹报告团的部队团员，黄添友再一次受到鼓舞和激励。他说，当他紧紧握住这位独臂老军人有力的大手时，不禁感慨万千：英雄的前辈们躯体和生命都奉献给了这个国家和民族，生在新社会、长在新时期的新一代"四有"革命军人，还有什么不能够奉献呢？

一连十数天，黄添友进机关、进院校、进营区，下场站、下库区、下医院，做着一场场精彩的事迹报告。台上，他充满感情地讲述着他从一名普通士兵，通过刻苦自学不仅即将取得医学本科毕业证书，而且在科研领域不畏艰难、攀登攻关亦取得突出成绩的动人故事。台下，官兵们或掌声、或热泪、或鲜花，倾听着、激动着、表达着他们的敬意。而每次当他回到休息处静下心来，细细回想近10年的军旅生涯，同报告团其他成员相比较仍有着不小的差距。"其实，报告团亦为我提供了一次难得的学习机会。"后来，黄添友如是说。

参加这次英模事迹报告会，对于黄添友来说又是一次意志的强化和淬火。

5月底，黄添友回到广州，他收获的不仅仅是荣誉。像赴京时那样，学校照例在校门口举行热烈的欢迎仪式。回到学校，黄添友如沐春风、精神振奋地走在夹道欢迎的人群中间，而他的目光却不断地在人群中寻觅。果然，人群里一位身材高挑、眼睛很大、皮肤白而细腻的年轻女军人，手捧鲜花，脸上略带羞涩。她就是黄添友中医系同事，后来成为他夫人的佟丽教授。

黄添友接过佟丽送上的鲜花，脸上现出幸福的笑意。

　　人生有许多事情可以使人产生陶醉感，例如，勤奋读书，陶醉在知识之中；爱好广泛，陶醉在艺术生涯中；亲近山水，陶醉在自然之中；广交朋友，陶醉在友情之中；建功立业，陶醉在工作之中。现在，令黄添友所陶醉的是双喜临门。

　　1983年，对于黄添友来说无疑是他人生最为成功和光芒四射的一年，是他幸运的一年，也是他幸福的一年！

第六章　考研读研，知识储备

一切似乎恢复了宁静，其实一切依旧躁动不安。英模事迹报告团这一去一来，黄添友所受到的教育和鼓舞，促使着他再次提高对自己要求的标准。他要重新谋划下一步的人生走向和专业发展路径。

"等取得本科文凭后，我要考研究生。"一天，他对佟丽说。

"考研？"佟丽自信对黄添友的了解已经够深，听到他如是说，还是感到了惊奇和惊喜。

惊奇的是，他的医学专业底子尽管一直在努力补课，但仍有明显差距摆在那儿。尤其是必考的高等数学和英语，对他来说，几乎是两道难以跨越的横杆。用这样的底子考研、读研，真是在挑战不可能。惊喜的是，黄添友没有躺在过去的功劳本子上，顶着头上的光环止步不前，而是不断地为自己的人生加码，着实难能可贵。这样性格的人今后无论做什么、身处什么样的岗位或位置，一定能够干出一番大事业来。

"我仔细做了打算，从现在开始用一年半时间备考，再加把劲，不是没有这个可能。"黄添友显然早已经过深思熟虑。

"会很辛苦的。"佟丽理解他的性格。

"几位老教授的研究生，都交给我管，而我自己却不是研究生，真有点尴尬。要在这样人才密集的医教研院校工作，没有研究生水平肯定干不下去，即使能干下去也可能干不出名堂。"他又分析道。

求知不是为了炫耀和装潢，而是为了完善和提高。对于黄添友来说，求知则几乎是为了更好地生存了。

"那就试试，考吧。"佟丽相信他的能力。

目标既定，黄添友像一只上足了发条的钟表，踏着时间的碎步，向着自己的目标迈开了双脚。

一位成功男人的背后，必定站着一位坚定支持他的女人。这一点黄添友也不例外。

而有别于他人的是，黄添友最清楚自己该学什么、补什么，学多少、补多少。笨鸟先飞，用时间换空间，加班熬夜，是他常用的方法。的确，获得知识的道路没有捷径可走。黄添友之所以能够顺利完成他人生诸多身份的转换，在他若干性格特点中，致志、专心、投入最为显著，而且一直持续到现在。

他再次过起几乎不分昼夜、没有娱乐，甚至足不出户的生活。1984年新年即将到来，黄添友28岁，他觉得自己该结婚了。他和佟丽相识已经满两年，确立恋爱关系也已整整一年。校园环境不亚于城市里的公园，花红草绿，风光无限，但他们没有更多的花前月下，完全是在工作岗位上互相协作，彼此加深了解而产生情感。北方姑娘佟丽虽然出生于干部家庭，但没有那么矫情，下乡、考学、参军，她完全凭着自己的意志和拼劲，走北闯南，巾帼不让须眉，走出了一条属于自己的道路。

他们商定把婚礼仪式安排在中医系大会议室。婚礼进行得简单却不失隆重，全系的战友、同伴前来为他们祝福。他们不想打扰更多的人，也不愿为此而投入过多的精力。婚礼筹备一应事儿都由佟丽操办，黄添友全副精力投入考研的努力准备之中。

关注黄添友考研的还有学校免疫学教研室主任李文简教授。李教授是黄添友的人生偶像，他早就打算要报考他的研究生。李教授对他欣赏有加，也早想收他为"徒"。1921年，李教授出生于黄梅戏的故乡湖北黄梅。20世纪20年代，那里是一处贫困不堪的地方。而李教授的家则更为贫寒，住着茅草房，少不更事便拖着一条残疾的腿（他很小的时候患上小儿麻痹症，右腿落下终身残疾），跟随父母沿街乞讨。他甚至没有上过一天学，成年后为求生存，进入国民党第一陆军医院，当了一名低级看护。即便如此，假若没有丁点儿医学知识，也是会被赶出门的。他立志自学，几年之后在颠沛流离中不仅自学了一定的医学知识，而且数理化、英语高中课程也为他所掌握（为了获得基础文化知识，他辞去看护，专门到湖南大学当校工，借机向大学生和教授求教）。1944年，在民国政府教育部工作的一位朋友，帮他弄到一张江西九江同文中学高中肄业证书，凭着这纸证书他考取国民党国防医学院大学部医科，并于1948年顺利毕业。同年，入南昌解放军八一军政大学理论班继续深造。毕业后，先后在上海第二军医大学、南昌第六军医大学、重庆第三军医大学从事微生物和免疫学教学、科研。1980年，他在第一军医大学负责筹备成立全军第一间、全国第二间免疫学教研室，筹办《免疫学杂志》，招收研究生……

李教授坎坷但顽强进取的人生经历，曾深深打动过黄添友。黄添友以他为榜样而去追随他的学识、学养、学问也就不足为奇了。

1985年初，黄添友翘首以待的考研成绩揭晓。可是，幸运之神没有眷顾他，他落榜了。而且，令他出局的成绩竟然是他原先颇有信心的数学，差距仅仅5分。

看到结果的那一刻，黄添友足足愣怔了半个小时。小学、初中、高中、当兵、考学、提干、教学、实验、科研，评职、晋级，甚至包括谈恋爱找对象，无不顺风顺水，而他花费了诸多心血的考研，却栽了跟头，遭遇了"滑铁卢"，这令他颇感意外和有些丧气。

"这就很不错了。咱们再努力，争取下一次呗。"佟丽宽慰他。

"很不简单了，我们这些辅助系列的技术员，还有哪个有报名考研的勇气？"同期毕业的同学劝慰他。

"如果考一次就考得上，那这学问也太好做了。"李文简教授打来电话，像过去见了他总要拍拍他的肩膀那样，有些小调侃。

"通往成功的道路上，最不会缺少的是荆棘；既然要向上攀登，失败自然是难免的。"李教授又说。

"我觉得不是你努力不够，是不是劳累过度影响了正常发挥？"佟丽帮他分析失利原因。

确实，1984年10月，儿子黄灿降生，原先从不过问家务的黄添友不得不分出些精力来帮助佟丽照料孩子。佟丽的父母远在北国，母亲又是街道的党总支书记，让他们千里迢迢丢下工作来照看外孙，这很不现实。他的老家虽然离得近，父母身体硬朗，可是弟妹也都成家有了孩子，老两口照顾他们的孩子尚分身乏术，想到广州来心有余而力难从。

当然，佟丽付出了更多的精力、体力。她虽未减肥身自瘦，发无油光，嗓音嘶哑，中气欠缺，黄添友看在眼里不可能无动于衷。

"我是不是过于看重事业和自己的前程了？"黄添友自问。

成功在于为获得成功所做出的积极努力，而不在于事先就衡量这种成功的价值。

黄添友没有理由放弃。他也从未有过放弃的念头。

佟丽身上所呈现出的所有疲惫之态，同样显现在黄添友身上，而且更甚之。因为，在他备考的同时他还必须兼顾教学和科研，后者是他的主业。他等同于肩上挑着两只桶，左右手还提着两只桶。

"我觉得你透支身体和精力太多了，该调整和休息一阵子。"佟丽同样心疼他。

磨刀不误砍柴工，专长研究中医的黄添友自然懂得长期连轴转，身体的反应便会越来越消极。

黄添友尊重了自己的内心，1986年的研究生报考，为了不再"走麦城"，他选择放弃。

然而，他和佟丽在心里都知道这种放弃仅仅是暂时的，放下的只是原本手中捧着的备考书籍和资料，考研的信念从不曾泯灭。他把考研的目标确定在 1987 年。

顺利并不一定是好事，因为它可能使人骄傲退步；而挫折也不一定是坏事，因为它可以激励人的斗志和勇气。

既然待在家里的时间渐渐多起来，黄添友就把在家时间除了照看儿子黄灿，大多用在了对过往实验数据的分析、整理和对有关文献的考证，把更大的精力用在学术论文的撰写上，并陆续发表在《第一军医大学学报》《免疫学快报》《中成药研究》等刊物上。仅 1986 年一年，他就发表论文 9 篇。

生命的意义在于探索未知的世界，而求索真理则是人的天职。黄添友写论文的劲头似乎一发而不可收，自从 1984 年他在《肿瘤防治研究》发表第一篇论文《细胞毒简易快速测定法》，到 1994 年，十年间他还在《中国病理生理杂志》《中华肿瘤杂志》《中华微生物学和免疫学杂志》《南方医科大学学报》《广西医科大学学报》等 14 家杂志报纸发表论文 45 篇，获军队科技成果四等奖五项、三等奖三项、二等奖两项，获广东省科技厅科技成果一等奖一项。尤其，他与黄培春、赵明伦、刘玉先、胡石伟等人合作撰写、发表在《广东医学院学报》《中华肿瘤杂志》《南方医科大学学报》上的《EB 病毒抗原诱导的 T-8 细胞在鼻咽癌病人及 EB 病毒血清学阳性者中的变化和作用》《鼻咽癌患者和 EB 病毒血清学阳性者外周血 CD-4 及 CD-8 细胞的变化》《T 调节细胞对 EB 病毒感染 B 细胞的影响》等论文，曾多次被人引用和被其他刊物转发。

黄添友回家的次数多起来，陪孩子的时间自然也就多了。这时他也真切地体会到为人夫、为人父的天伦之乐，内心深感喜悦和踏实。

命运似乎总爱捉弄心无旁骛的人。黄添友也好像生就吃苦受累的命——爱人佟丽接到学校通知，她被安排到上海第二军医大学进修生物化学一年。

佟丽，出生在东北辽宁鸭绿江边丹东一个干部家庭，1974年她高中刚毕业便响应"上山下乡"号召奔赴农村，接受贫下中农再教育。幸运的是因为她高中学业优秀，被村里安置到村小学去当了老师，少吃了些风吹日晒和高强度劳动的苦。1977年全国恢复高考，有志于考大学的她毫不犹豫在知青中第一个报名，并如愿以偿考入吉林大学化学系生物化学专业。大学四年她科科成绩优异。1981年毕业之际，解放军总后勤部干部到学校物色一批优秀生，层层筛选，佟丽顺利特招入伍。随即，生长、学成在东北的她，高高兴兴打起背包来到亦是从东北千里迢迢搬迁到南国广州的第一军医大学。严重缺乏科研人才的中医系再三向学校申请，佟丽进入中医系并分到黄添友所在的实验室。不过，按所学专业她被安排在生化组。

佟丽对到上海二医大进修陷入去与不去的两难境地：不去吧，机会难得，想去的人趋之若鹜，且对于军人来说，组织的安排等同于命令，命令必须执行；去吧，儿子的确太小，虽然满了周岁到了断奶期，那也是离不开母亲的。

"你还是去吧，我不是刚好在调整期吗？"黄添友力促佟丽下决心。

佟丽把心一横，毅然拖上行李启程东去。黄添友从此开始既当爹又当妈的日子。佟丽这一走，他以为还有保姆在，两个人一起带孩子不会有多大难度。岂料，不足两个星期他便招架不住了，只身无法同时兼顾实验室和家。无奈之下，他请了几天假将儿子送到东北岳父母家里。一个温馨的三口之家，不得不天南地北，暂时分隔开来。

黄添友又恢复了常态：一溜小跑着接电话、上厕所，办事风风火火，一丝不苟地从事和完成着每一件工作、每一项课题。直到佟丽进修一年期满，才把儿子接回广州家中。

时间像脱了缰的野马，任着性子飞奔。学校西邻的白云山花开了谢、谢了又开；早春的雨、秋日的云，去了来、来了再去。1987 年度的研究生招、报、考，季节轮回般又要展开了。黄添友依然选定李文简教授作为导师。

有了第一次报考经历，这回黄添友的心情平稳了许多，并没有去扭住导致上次失利的数学不放，而是依照着原有的节奏，遵循着早早拟定的备考计划，专注而又平静地推进着、期待着……

历经曲折，方显本色。痛苦的磨炼，为精神注入的往往是动力。

对考研读研，黄添友志在必得。

天道酬勤这句古语果然应验——黄添友这次所取得的考分远超录取分数线。黄添友考研上线入围，创造了奇迹。在第一军医大学已有辅助系列技术人员队伍中，以中专生学历考上研究生的他是第一人。

有才情有才智的人，困难永远妄想难倒他。

三十而立，这一年黄添友 30 岁。

1987 年的春天到了。校园里的芙蓉、紫荆、大玉兰等树枝繁叶茂，红、紫、黄、白、蓝，你方开过我登场，好不热闹。蜜蜂和彩蝶蹁跹其间，燕儿啁啾，清风微拂。浓浓春意也写在了黄添友的脸上，他像当年在家等待《入伍通知书》那样，盼着考研的录取通知书也早些能到。

令人大失所望的是，正在焦急等待录取通知书的黄添友，等来的却是一医大没有分配到招生名额的坏消息。这个令人心灰意冷的消息，很快在考研人群中炸开。还好，招研政策对上线人员网开一面——可以在地方院校之间调剂。对于黄添友来说，他将再次无缘师从李文简教授。"要么放弃，要么接受调剂。"学校招生负责人明确告诉他。

"那就调剂吧。"黄添友别无选择。

结果，他被调剂到广东医学院肿瘤研究所鼻咽癌研究中心赵明伦教授门下。

赵教授毕业于华西医科大学，是新中国成立后自主培养的学科专业人才。

黄添友这时面临的困难是，广东医学院地址在粤西湛江，离广州 400 多公里，他将再次与佟丽和儿子分居两地。

好在这时儿子已经两岁多，好带了一些。

"遂了你愿，别老想着家，学有所成。"佟丽甚至比黄添友更高兴。

读研报到离家时，黄添友抱过已会说上几句短话的儿子，在他细嫩的脸蛋上连吻几口，挥手而别。

湛江，一座南中国美丽的海滨城市。碧蓝的海水，洁白的沙滩，罕见的红树林，环绕半边城区。棕榈笔直，阳光热辣，海风徐来，让人的内心既宁静又充满热烈和奔放。广东医学院地处的霞山，在市区最南端，面向着更为广阔的湛江湾，海鸥翔集，船影幢幢，极目天舒，看浪花朵朵，听涛声阵阵。

时隔九年，黄添友再次走进校园，回到学生时代，从化学试剂和浓郁的终日缭绕的中药味里走出，闻到久违的纯而又纯的书香味道。他不胜感叹，像重新找到失去了许久的心爱之物，神情振奋，学习的兴致被很快地激发出来。

研究生课程到底不比大学及其以前的学习，教室、图书室、宿舍三点一线，不免枯燥单调。赵教授的教学理念是，研究生期间的专业学习针对性更强，那么就得紧扣实践，不能把学生整天关在教室和实验室里，天天去同数字和公式打交道。尤其，黄添友的主要研究方向是中医中药对鼻咽癌的预防和干预，他就更应该到鼻咽癌易发的高危人群中去做实地调查，筛选药物，选择预防和干预手段，验证预防和干预效果。

黄添友的研究方向有充分的理由和价值。广东是鼻咽癌发病率最高地区之一，原因复杂，地域性强，一旦患上此病，治愈率极低。这就使得预防和干预成为挽救鼻咽癌潜在患者的必经之途。广东地域普通民众对中医中药情有独钟，从饮食到治病富有传统，历史悠久，心理障碍会自然而然被排除掉。这是黄添友从事此项研究的最大优势。现在的专业与过去的研究领域并不矛盾，提高和激发人的免疫力的方法多种多样，而中医中药不失为最优化的选择。

于是，黄添友和他的同学常常被赵教授往校外"赶"。大家走渔村、串农场、访厂矿、问机关，上船下乡，深入渔民、稻农、蔗农、花农，学校、港口、作业区，顶烈日搏风浪战雷雨，收集着珍贵而又翔实的第一手资料。导师赵明伦教授尤其喜欢黄添友这位好学、吃苦、勤奋的学生，赏识之余倍感欣慰，悉心教授，耐心指导。黄添友术有专攻，学识、学养、学问突飞猛进。

既然回到了学生时代，校园生活应该是多姿多彩的。隐藏于黄添友内心深处的激情被激发出来，他天生"领导型人才"的性格亦获得焕发。原先研究生们被本科生戏称"老爷生"，爱静不爱动，爱说不爱做；个人生活多姿多彩，集体活动唯恐避之不及；学生会工作沉闷而寡味。大家伙知道黄添友有办法，"连哄带骗"，他被系里推举为系学生会主席。黄添友也不客气，既然让他干，那就得来点"狠招"，下些"猛药"。牵牛要牵牛鼻子，他把各学生组织的头头都找了来，一块儿商量活动计划、内容、时间，然后跟在屁股后面督战，哪一项没有搞起来或者不够精彩，没有引发学生关注，他便不会撒手，一直抓住不放。他奖罚的办法是谁做不好谁请客，大家都做好了他请客。黄添友的韧劲和背后推手作用，果然就搅活了系学生会这潭原本波澜不兴的水，文娱体育、社会实践、学术交流，红红火火，令人刮目相看。

世上没有干不成的事，就怕没有诚意；工作上或者事业上也没有做不好的事，就怕没有恒心。黄添友的人生观和价值观，一直充满着正能量。这正是他攻必克、战必胜、学必成、干必果的法宝。

秉持着这一法宝，黄添友顺利完成三年研究生学业，顺利拿到了硕士毕业证书。三年间，在恩师赵明伦教授的带领和教诲之下，他和同学们参与对十余万名群众的健康普查，查出 16 名鼻咽癌早期患者，用干预法加以治疗，成功治愈。他连续三年被学校评为优秀学生会干部、优秀学员、优秀共产党员。他的毕业论文《鼻咽癌的前瞻性研究》，经过赵教授修改润色，不仅受到学院学位评定委员会的一致称赞，而且被推荐到广东省科技厅参加评选，最终喜获一等奖。

1990 年 7 月，天酷热起来，一阵阵海风吹得棕榈树那长长的叶子哗哗作响，台风也开始频频光顾。又一个令人难忘的夏天来临，黄添友却要告别这美丽的校园，这座永远可以对着蓝色大海眺望的海滨城市，怀抱着三年满满的人生收获。

恩师赵明伦，从此烙印在了他的记忆里；霞山区文明路 28 号，从此烙印在了他的记忆里；沙滩、海浪、仙人掌，从此烙印在了他的记忆里……

第七章　弄潮商海，研发新药

黄添友终于学成回到中医系，系领导和同事们在等着他，三四年前由他牵头组建的细胞培养室、同位素室、无菌室在等待着他。当然，妻子佟丽和已上幼儿园的儿子黄灿更是热切期盼他的归来。

学校和中医系都把他列为重点培养和扶持的青年科技人才。学校第一时间把他的职称由技术员调整为助理研究员，仅次于副教授，同时也将他由过去的技术员辅助系列，调整到教学、科研的主系列。

这是对求知和勤奋的人最好的肯定。

黄添友备感欣慰。

把过去当成记忆的缩影，把未来当作奋斗的目标，而创业的舞台则是在现在。三年深造、三年淬火，黄添友的青云之志得以升华，依然初心不改的黄添友要干一番事业、闯一片天地的信心和信念更加强烈。

黄添友继续坚持对中医中药对鼻咽癌的干预和预防性做进一步深入研究，而且确定了新目标，列出了新规划。这当儿，系主任、政委带来学校领导指示，为配合学校新建在深圳的南方制药厂扩大再生产，生产出除"三九胃泰""壮骨关节丸"等名牌之外更多的新药，开拓更为广阔的中药新药市场，要求中医系加大人、财、物投入，开展以中药抗骨质疏松、中药促进血细胞生成进而产生补血作用的研究，开发研制新产品。考研之前，黄添友就曾参与到以陈宝田、孟庆棣为主导研制"三九胃泰""壮骨关节丸"的团队之中，不仅熟悉他们的研究方法，更加敬佩他们的科研精神，可谓志同道合。湛江三年，获名师真传，更令他如虎添翼，当然被系里指定参加到攻关队伍里。如此，他便渐渐与名声已响彻大江南北的南方制药厂联系多起来，与南方制药厂创办人、同样闻其名如雷贯耳、人生和事业如日中天的赵新先厂长接触机会多起来。

更令他不曾料到的是，他以后几年间的命运，竟与南方制药厂以及后来的三九企业集团，与赵新先，结下了一段不解之缘。

这个时候，南方制药厂已建成投产有五年之久。

1985 年 6 月，时任第一军医大学附属南方医院药材科主任的赵新先，奉校党委之命到深圳创办南方制药厂。早在 1984 年 12 月，徐向前元帅就为这座尚未动工的药厂题写好了厂名。药厂选址深圳北郊 5 公里处。这儿耸立着一座高低错落绵延起伏的青山，山形如同平放的笔架，人们称它笔架山。山后湖水潋滟，明亮耀眼如同盛满了水银，人们就叫它银湖。11 个月后的 1986 年 5 月，药厂建成。

建厂之初，老校长赵云宏曾指示赵新先，深圳已建成药厂40余家，大部分在生产西药，仅有的几家生产中成药药厂也多在生产药典上的药。如果要在激烈的市场竞争中创业、立足、发展，生产什么样的药和采用什么样的生产工艺成为关键。学校的决策是就生产由学校中医系牵头联合其他教研室专家教授，共同研究出的"三九胃泰""正天丸"和"壮骨关节丸"等中成新药。

赵新先毕业于沈阳药科大学。工作后他结合实践曾编写、出版中医药专著《本草图典》《中药注射剂》。他几乎全程参加研制"三九胃泰"。前后历经15年，经过万余例临床应用，它对各种慢性胃炎总有效率达到95.7%。果然，"三九胃泰"推出后迅速成为市场抢手药，畅销美国、日本、泰国、香港，并获得全国"百病克星"银杯奖，创下全国胃药销售量第一的奇迹，将日本"胃仙U"、西德国"胃得安"两种西方胃药抛到了后面。

1989年头10个月，南方制药厂产值破亿，被解放军总后勤部授予军队模范企业称号，赵新先则被评为军队优秀企业家。

能为这样的企业（何况还是学校自己创办的企业）做新药研究，无论黄添友还是整个团队，无不感到光荣和神圣。

学校的支持，中医系领导在第一线的亲自督促，新药研究的步伐在不断加快，"一万年太久，只争朝夕"的紧张气息弥漫在每个人的周围。就是屡出成果、对紧张工作早已习以为常的黄添友也感觉到了前所未有的压力，尽管它是无形的。

就在这时，一条消息不胫而走—南方制药厂即将脱离第一军医大学而隶属总后勤部直接管辖。形势的变化超过新药研发的速度，令所有人始料未及。1991 年年底，包括南方制药厂在内的三九企业集团在深圳成立，传闻变为现实。黄添友加入这个创新团队只不过一年多时间。这便是部队的特性，一纸命令，不仅可以改变一个人的命运，一个单位、一座工厂，甚至任何事情都会在一瞬间被改变轨迹。

学校和药厂变成了两家人，但六七年间所结下的"父子情"还在延续，人和物之你中有我、我中有你的现实状况还存在着。学校对新药的研究并未搁浅，只不过今后一旦成功，它新的主人如果还是南方制药厂的话，学校就不会像过去那样无偿地提供"处方"罢了。从这个方面讲，这次不同寻常的"分家"，为南方制药厂所带来的发展困难也是显而易见的。

其时，南方制药厂的三大拳头产品"三九胃泰""正天丸""壮骨关节丸"的市场销售已达到饱和状态，不可能再扩大它们的生产。而为了药厂的发展，前几年就上报了新的生产线，就等着学校新研制的药品进入生产流程，现在却无"米"下锅。这会儿的赵新先已被新闻媒体誉为中国的"制药大王"，他心里最清楚出路只有两条：花钱买"米"；下田种稻自己碾"米"。聪明的赵新先当然选择了后者。他不愿让自己的命运被别人掐在手中。他勾画出了成立三九企业集团下属"中医药研究院"的蓝图。那么，另外一个新的问题来了：种稻子的人呢？实验室可以建，仪器设备可以买，唯独人才不可唾手而得。

赵新先还是想到了第一军医大学，想到了中医系，借船出海、借鸡生蛋。他希望学校能够施以援手，借调几位专家到药厂，帮他搭班子建队伍。他列出了一张 4 人名单，黄添友赫然其中。学校和药厂现在都还姓着"军"，还不能说是两股道上跑的车，念着曾经是一家人，学校大度地伸出了手。

对于他人来说，能入风云人物赵新先"法眼"那是求之不得的，黄添友则大不相同，他陷入焦虑和不安中。从事业上看，他的人生列车正平稳而快速地运行着，有一流的实验室、一流的团队、一流的课题；从生活上讲，他现在的家庭和睦、温馨、舒适，儿子即将上小学，爱人佟丽与他同在一间实验室，一同上下班，同出同进；从职称上说，他比起同期毕业、入校，干着相同工作的同学、战友要高出几级，工资多住房面积大，而一旦去了深圳，这一切固然不会失去，但工作环境、生活条件、研究成果必定改变和深受影响，等同于再就业、再创业。

"那么，我为何不能再挑战自己一次呢？"黄添友也在问自己。赵新先曾明确向他表示，研究院一旦成立，院长一职将由他来担任。领导职务的获取其实对黄添友并没有多么大的诱惑力，他最终明确态度接受赵新先的邀请前去深圳，完全基于其理智的选择，那就是这座新成立的研究院最能考验他的能力、素质和胆识；他所必须改变自己的是将从过去单一的纯学术性、理论性研究，转向既做研究又身负组织领导与统筹协调的"三者并举"上来。这绝对是对自己的挑战，而黄添友正是敢于自我挑战的人。

"我想答应赵总，到三九集团去开发研究新药。"决心既下，黄添友得征询佟丽的看法。

佟丽已早有所闻和感觉得到黄添友的选择，为了帮助黄添友排除干扰，她并未主动去过问。

"那就试试呗，反正你不是个安于现状的人。"佟丽说。

1992年1月，冬日的深圳气温总要比广州高上几度，人大概遇上了高兴事儿，也会精神上几分。"三九企业集团医药研究所（随后改为院）"在南方制药厂内宣布成立，赵新先任院长，黄添友任执行院长。

研究院独自设立在一栋三层楼房里，面积3000多平方米，由原先的工人宿舍改建而成。第一步当然是筹建实验室、动物室。完全按照药物研究要求、标准、条件配置。因为有了当年在中医系组建实验室的经验，黄添友驾轻就熟，只不过三个来月，过了阴历新年春意趋浓的时候，仪器设备、实验动物、试剂等一应物品、器具全部到位。与此同时，招聘高级研究人员的工作也在紧锣密鼓地进行。

但，这并不是一件容易的事。

1992年，深圳的改革进程虽已进行到第13个年头，发端于此、成长于此、成就于此的对外开放早就进入了快车道，一处当年南海边上的渔村，十数年间被拓荒者、建设者、改革者打造成为一座现代化的繁华海滨城市，举世瞩目。数以十万计的建设、科技、教育、文化艺术等各路人才功不可没。按说在这样的大背景下，招揽人才应该不是件困难的事。果然，研究院在全国招聘科研人才的消息，通过各类媒体迅速传出之后，从美国、日本、香港回国的硕士、博士、博士后，纷纷前来报名应试，一时间门庭若市。但是，对于专业性更强、异常急需的人才，也不是那么轻而易举想聘就聘得到的。

尚处于计划经济时代的大多数人们，依然固守着安稳、安定、安全生活的思维模式，办理一次调动必须考虑到住房、工作、落户、求学、医疗等诸多因素。而这些还都需接收的一方去逐一解决。但是，这其中的任何一项跑穿一双鞋底恐怕还办不下来。

"黄院长，我愿意到三九去，唯一的要求就是把我爱人也调去、落上户。"研究院成立之初，赵新先提出研究和开发第二代"三九胃泰"，为落实他的这一战略设想，需要把沈阳药科大学消化研究所的所长"挖"过来。数次交涉，对方提出这个看似不甚高的要求。对方动嘴，黄添友就得动腿。好在整个深圳都在吸纳大批人才，建立有整套易于操作的吸收引进机制，办理诸如此类事项还算方便。

一番努力之后，近百名学有所长、术有所专、业有所成的专家、技术人员被从全国各地包括国外的院校、科研机构、医院招集进来。看准时机，黄添友建议赵新先先从其中遴选出数十位造诣深、影响大、层次高的精英，成立"三九企业集团专家委员会"，赵新先欣然接受，并请他担任执行主席。

搭建好了平台，网罗来了人才，研究院开始正式运作，研发新药。三九集团老总赵新先心里所规划的发展战略是，经过数年努力，南方制药厂不仅要做到国内老大，而且积极发挥专家团队的作用，乘着深圳改革开放力度强、声势大的引领之风，争取在不远的将来超过美国的默克公司，做到世界老大。同时，作为企业集团，加速向汽车、酒店、学校、地产、医院、投融资等众多领域拓展。黄添友带领着他的团队，就不能仅仅把目光放在中医药上，西药包括基因工程、生物工程产品等，都被纳入赵新先研究院具体研究项目之中，并且必须不打折扣地完成。

黄添友使出了浑身解数，事情却远不似原先设想的那么简单。或是专门进行新药开发和研究的机构在深圳尚为数不多，或是这座年轻的城市从政府到民间对于拓展医药行业的认知还不够足，黄添友他们的研究是展开了，实验在一步步进行，可是跑遍全市却连一支化学试剂都买不到，为了这等小事他时不时派人到广州去购买。

万事开头难，有的事即便开了头，依然困难重重。

这还不够，黄添友个人所遭受到的困难在此时此刻比任何人都要多。整个研究院他是总的操盘手，事情无论大小他必须拍板定案。他从过去纯粹面对仪器设备、数据结果，到现在还要面对人、事、物；从过去的一个人单打独斗，到现在指挥着一个庞大的团队，身份角色的转换，思维习惯的转换，为人处世方式的转换，对于即将岁至不惑之年的他来说，不够为难的吗？现在，他几乎又过起了单身生活，刚到药厂时尽管事情多，交通不方便，他一周回家一次，如今他想一个月回去一次都做不到。回家的次数远不及出差次数多。有时，取送审报材料他曾有过一天两次来回北京的纪录，累得他瘫坐在办公桌前。儿子黄灿在与第一军医大学一路之隔的京溪小学读书，他没有接送过一次，没有参加过一回家长会。尽管佟丽不曾有过任何怨言，然而，她越是默默地承受，他则越发感到心中愧疚。为了事业，他亏欠这个家庭的何止是亲情？

黄添友现在还必须学会面对孤独。深圳到广州，或者到东源，距离都不过百多公里，有家不能回，有父母不可探，不会打牌不喜应酬，不好热闹不事竞技，有时回到宿舍，空徒四壁，气息萧然，物什冷漠；即便喜于静思的他，每当踏入这处"家"门的时候，怅然若失，孤单寂寥，会让他倒吸一口凉气。

生不能做一些有意义的事情，则生不如死；死不能在人生的轨迹上留下点痕迹，那生命就真的死了！这或许就是黄添友坚持下去的理由。

有智慧的人最先明理，有勇气的人最先成功。

尽管如此，赵新先还在增加研究院的职能。

"黄院长，为了确保品牌声誉，我想把'三九胃泰''正天丸''壮骨关节丸'这几个拳头产品，申请到国家中药保护品种目录里去，这件事可能还得你去跑。"一天，赵新先把黄添友叫进他的办公室，商量着说。其实，黄添友一直在做着监督现有药品生产质量、专利申报、项目申请、生产工艺改进诸多事儿。严格来说，这些并非完全属于研究院职能，但总裁交办的事情他从来不曾推脱。

研究院这边刚算稳定下来，赵新先建立医药大联盟的构想又在他的脑海里逐渐清晰。他的想法是，以他的母校沈阳药科大学为北方基地，于此设立三九奖学金、三九科研基金、三九基础建设资金，利用校园人才集中、设备精尖、信息密集、基础厚实的优势，确保科研项目资金投入充盈，协助他们攻坚克难，而成果则优先我用。与此同时，在整个药厂运行过程中所遇到的生产问题、科研难点、技术障碍，也可借助于此获得解决。于是，黄添友不仅成为药厂在这座大学可以做出决定的代表、联系人，而且赵新先和他还都被沈阳药科大学聘请为客座教授。

应该说，赵新先的大联盟构想既大胆又新颖，在医药研究领域他抢得先机，拔得头筹，实在管用。他不同寻常的战略思维使得黄添友深受启发，眼界大开。因此，尽管赵新先不断地给他的工作加码，他亦毫不犹豫地东奔西走，积极推进和落实。

在南方深圳赵新先则以自己的药厂为依托，与医科院校、科研机构出版的学报、杂志、学刊，建立广泛联系，掌握药物研究理论前沿信息，了解医院、患者对药品的需求取向，摸准市场脉络。这事儿也得黄添友领着人去联络、去实施、去分析，并拿出各种相应对策。

黄添友一阵子像空中飞人，天天在天上飞来飞去，一阵子像远行的跋涉者，汽车、火车、轮船，甚至摩托车、电动车，赶着点儿奔波。有时躲酒避饭，有时却饥肠辘辘。他的办公室亦形同虚设，几乎天天门扉紧闭……

一个人的成长、成熟、成功，往往得益于沉重的压力和逼迫。黄添友的工作经历常常能令他释怀。

一切都在看似波澜不惊地进行着，操劳的人们在一刻不停地奔走，掐着时间上班的人仍一天 8 小时守着飞转的机器；有的人在苦苦思念远方的故乡和父母妻儿，有的人却在享受着鲜花和掌声。两年过去，药厂的生产蒸蒸日上，门口前来拉药的卡车排成了长龙。三九企业集团健康地运行着：医药研究院在黄添友的艰苦努力下，按照赵新先的构想，各项工作齐头并进；第二条现代化生产线提前投产；第一家子公司九星印刷包装中心成立，第一年的产值便达到 4000 万元……黄添友对三九集团的前景充满信心，他索性办理了转业手续，脱下军装，准备一心一意、长久而踏实地在研究院干出一番新成绩。

佟丽听到黄添友说他想转业，不禁为他感到惋惜。他自己当然思考已久。对于已经有了 20 年军龄的他来说，能够跨出这一步，需要极大的勇气。20 年的军旅人生，20 年的青春年华，20 年的情感凝结，如果不是理智占据了上风，正当盛年、一帆风顺、事业有成的他，很难做出这样的决断。

可是，有时事情的发展却会事与愿违，甚至令人猝不及防。正当黄添友信心满满，安心、静心、真心使把劲，要带领研究院拿下几个难啃的项目，搞出几项大成果时，敏锐的他感觉到了研究院在科研项目和发展方向上，与集团领导层之间出现不同的认知和看法。分歧在于，研究院到底是沿着中医药研究这条路走下去，把更多的人力、物力、财力投入已经形成的研究体系上，还是跟风把主要研究力量投放到诸如基因、生物工程的产品开发研究上？最为明显的是，药厂将投资 1 个亿建设新的实验室，1 个亿专门用于其产品研发，并高薪从美国请回一位博士。规划很宏伟，但真正从投入到产出，过程最少得 10 年时间。黄添友认为三九药厂起点于中医药、起家于中医药、兴盛于中医药，药厂未来的发展也一定是沿着这条经过实践证明是走对了的路继续走下去。既然中医中药的根在中国，那么它也就是"三九"的根，根深方叶茂。眼下却有部分集团领导要舍弃这条根去寻求超越西药和西方，他觉得这是丢了根基，是在牺牲自己的优势而不是在建立优势。

"我们应该把自己的优势发挥到极致。"每次开会黄添友都大声疾呼。

"中医药还有很多好东西没有被挖掘出来！我们的研究方向不能偏得太多了。"每回讨论黄添友总会如此强调。

"如果把中医药当作后娘来养，那我就不干了！"他产生了这样的念头。

这是一个乐意跟风的时代，也是一个喜欢以标新立异标榜开拓创新的时代。黄添友的声音是微弱的，完全不足以改变他人的思维定势，更不足以扭转研究院前行的方向。一个研究院的操盘手说了却不算，怎么办？办法只有两个：顺应或者离开。

"你的选择是基于欲望的驱使，还是使命和责任所指引？"黄添友自问。"都不是！"这样的问题过于抽象，应该是理性思考之后的正确评估。这时他的选择只剩下离开一条路。

"赵总，我还是回广州开办一家新公司吧，不用三九投钱，可以算作三九下面的二级公司，但法人是我，自负盈亏，一应决策由我说了算。"黄添友找到赵新先办公室，开门见山说道。他们也知根知底了，用不着客气。

"这？"赵新先迟疑了好一会儿，戴着深度近视眼镜的他，仿佛还从没有像今天这样认真地看过黄添友。他把目光从眼前的电视节目移开。几年前，赵新先养成了在办公室没事时随时打开电视看的习惯。他看电视不是为了娱乐、休闲和放松，而是为了捕捉商业信息。他尤其注重看广告，看别人是如何设计广告和广告词的。李默然先生为"三九"所做广告为其带来的巨大市场利润，令他久久不能忘怀。

"回去了，我还能照顾一下家，佟丽一个人太辛苦。"黄添友打出一张感情牌。

"真想走？"两年光景里，黄添友始终不离赵新先左右，他的能力、素质、魄力、业绩，赵新先比谁都清楚。

"真想走！"道不同则不相为谋，黄添友当年到"三九"来是那样的坚决，现在要离开也要走得坚决。

"这样也好，让事实来验证大家不同做法的胜负吧。"1985年春末，赵新先就是一个人带着五位青年军人来到深圳笔架山下，成功创办南方制药厂的。他大概更相信的是自己。

1994年年底，北来的冷空气似乎特别繁密，一波接着一波。笔架山上的紫荆树叶都要被冻蔫了。银湖里的水落下去了一圈，岸沿被水浸过的痕迹清晰地裸露于外。叶落水瘦。比这个季节更冰凉的是黄添友的心，这样的结局他压根不曾想过，仅仅两年，时光就将他的人生洗刷了一遍。

生发几缕愁绪，对于这种处境中的人来说都在所难免，而对于黄添友来说，他还存在下一步该怎么办的问题。回广州，容易；回军医大、中医系，不可能，他已转业；另谋去处，不容易，他有主见的个性容人易，而被人容就难了。那么，出路仅有一条：自己干，干自己喜欢、自己能做主的事。

不搞再就业，要搞再创业！决心既定，黄添友望了一眼绿意已淡的笔架山，山下那已瘦了身的湖水，南方制药厂楼顶上那巨大的、天蓝色的"999"商标广告牌，在1995年春节来临之前毅然登车，驶回广州。

第八章　分道扬镳，初战告捷

　　1995 年春节前夕，黄添友回到广州与家人团聚，一身轻松地带着佟丽和儿子黄灿到东源乡下去过年。高兴和快乐写在每个人的脸上，他的眉头却紧锁，心儿一直放不下来，有几个紧迫的问题让他绞尽脑汁。第一是"牌子"。三九企业集团原先承诺他在广州成立子公司，可以冠以"三九"之名，直属企业集团。现在却说成立子公司，必须挂靠三九企业集团所属"广州三九科工贸公司"名下，成为三九企业集团的第三代，等于在广州给他又找了一个婆婆，这让黄添友又有了手脚被束缚的感觉。第二是"台子"。居人屋檐下不得不低头，黄添友默认了挂靠"广州三九科工贸"，可是，这位新婆婆却不为他提供一间办公室、一张办公桌，更别说车间、设备和员工宿舍了。第三是"票子"。此时的三九企业集团正如日中天，对于财大气粗的赵新先来说，只要他点头同意，可以拿着"三九"的钱去开办个人名下的公司。黄添友本来也可以这么做。

睿智的他深知"有米"和"找米"的天壤之别。未必都是好事,"有米"有时也会带来灾难性的后果:要么投入的钱花光了却一事无成,要么赚来的钱进入了个人腰包。之后的实践证明,凡是拿着"三九"现成的钱去开公司、办企业的,没有几个成功,有的甚至坐了牢。黄添友则选择"自己找米下锅",拿自己的钱去办"三九"企业。可是,他去哪儿弄来这笔巨额的"开办"费呢?他初步估算了一下,成立子公司,假若银行没有50万元以上的储备金,工商部门可能就不允许你去注册。

这年春节,黄添友过得有点纠结。

如果在北方过春节的话,那只是应季节之约,依然冰天雪地,依然北风呼啸,依然树枯水瘦,真正的春天还离得很远。而在南方则大不相同,春节和春天离得近之又近,人们尚在回味年夜饭的香甜,鞭炮的炸响犹在耳畔,元宵灯会的愉悦还存留在心间,忽然一夜之间风变得柔和了,阳光变得明丽了,河水变得清澈了。

人,当然也就更加精神了,充满了朝气和活力。大家都在赶着春天的脚步启程!黄添友站在自家的后阳台上,望着楼下随风摇曳的绿树,若有所思。

人贵自立,勿依赖人;人贵自强,勿强求人。

干成大事的人,从来不计较小事;计较小事的人,根本干不成大事。

黄添友坚信,在他的人生经历中所遇到的每一份挫折,都是上帝为他贮存的财富。

整个春节,黄添友几乎足不出户,他在认真而全面地谋划心目中未来企业的模样。首先，生产什么？生产药品，他现在还没有这个能力，也完全不具备这样的资质，只能从生产保健品和功能食品开始。他十分清楚，人们当下的需求取向——保健和养生意识正趋于强化。于是他把产品选定为天津药科大的科研产品"三九洋参含片"。洋参，尤其从美国进口的花旗参，被保健专家誉为健康界的黄金，高品质天然洋参价格甚至可以贵过黄金。而且，在中国人的传统生活习惯里，煲汤、泡茶喜欢放入洋参，这其中90%的有效成分被浪费掉了。改为口服之后，增加了洋参含片在口腔里的停留时间，可长达30分钟，无疑，几乎所有的成分都被人体吸收。

那么，未来的企业该叫什么名字呢？在三九企业集团旗下所有公司的取名上，似乎有不成文的规定要求，那就是以"三九×××"署名居多，前面再冠上不同的地名。黄添友却不准备沿袭，他把自己即将注册的这座工厂取名为"广州九天绿功能食品厂"。之所以用这个名字黄添友自有他的想法。九，代表他们这座工厂目前属于"三九企业集团"的一员；天，既表示"大""广阔"，又寓意天人合一；而绿呢，则体现出未来企业必将充满生机和活力，并暗含了现代人的生活理念—绿色、环保、有机。

接着，黄添友找到几位跟着他从深圳来到广州有志于一同开厂办企业的志同道合者，以及同学、朋友、战友商议共同出资凑够50万元，注册、租房、购设备、进原材料。

第一军医大学东围墙外是曾经的105国道，沿着它可以直上北京，市政化之后这段路被易名沙太路。路的这一边正对着军医大学的村子，名曰麒麟岗，一片自建居民楼高低错落，临路而绵延了将近一公里。黄添友租下了路边一栋六层小楼，每层原建两套住房近200平方米。他把一、二楼间隔打掉变成无遮无拦的车间，安装上花低价钱从珠海丽珠得乐制药厂购买来的老式粉碎机、压片机，三楼暂作为办公室，四、五、六楼居住员工。

楼里不通电，黄添友求助于母校军医大学的领导，还好，学校总配电房正隔着沙太路与他的六层小楼相对着，用了不到100米的电缆电便送了过来。

他从深圳带回一辆小车，又买了几辆二手小货车，却没地方加油，还是学校帮他解了燃眉之急，油库就在他对面学校东北角的围墙内。

母校，成了黄添友一笔无形的财富，只要他需要她便慷慨相助。

万事俱备，1995年3月9日，广州九天绿功能食品厂注册成功。

黄添友开始走一条属于自己的路，现在他迎来的才是真正的人生新考验和发展新机遇。

所幸的是黄添友在"三九"工作过两年，这"学费"没白交。两年所积累的办事流程、联系沟通渠道、工作经验，有力地推动着他办厂的脚步。1995年5月的广州，季节进入初夏，熬过令人生厌的梅雨期，虽然空气中不免残存着湿气和初夏的闷热，太阳到底明媚了许多。没摆花篮，没放鞭炮，没有高悬的气球，也没有翻飞的彩旗，只有轰鸣的机械声和员工的谈笑声，突然从这座昨天还看似沉寂、凌乱和不甚起眼的六层小楼里传出。不用举行什么仪式，黄添友平生创办的第一间工厂就这样以非常务实的方式起动投产了！

九天绿这幕充满曲折艰辛的大戏，就由这么一个最不经意、最不事声张的开头拉开了幕布。由黄添友带领着不足 30 人的小人物们扮演主角，始而传奇，继而激荡，在之后 20 多年的跌宕起伏中演绎出让人惊奇不已的剧目来。

机器在不分昼夜地运转。从美国进口的原装西洋参，经过高科技方法提取，再利用制药缓释技术，使得每一粒含片进了口腔不会那么快地溶解，而是缓慢得像冰块那样悄无声息地溶化于唾沫之中。黄添友用他类似于小作坊的工厂，开启了保健品由吞服到含服的时代。

这是保健品生产工艺一座划时代的里程碑！

当第一粒含片从压模机中跳出来的时候，第一个尝试它的当然是黄添友了。他轻轻地从托盘里捏起那粒小片，仔细端详了片刻，然后将它抛入口中，眼睛一眨不眨，直直地盯着对面的墙壁，细细品味含片在他口中缓慢溶化给他的味蕾所带来的浓浓参味及淡淡甘甜……

含片在他口中已然消失，而他的眼睛还是一眨不眨，仍然直直地盯着对面的墙壁，回味着，回味着……

第一批三九洋参含片终于出厂，欣喜万分的黄添友拉过司机小范的手说："走，咱们到北京路去摆摆地摊，试试水，看卖得咋样！"

"好！"跟了他五年的小范迅速将车开到楼下。

星期天，北京路熙熙攘攘。国营的健民药店正好处在东西中山路与南北北京路相交的十字路一角，人来人往非常稠密。

对摆地摊卖东西黄添友并不陌生。当年在家乡上中学，家境困难的他常常在星期天到山上去挖又大又深的坑，然后砍来油松烧成木炭背到集市上去卖。不想30年后他又干上了摆地摊的营生。当然，这只是让九天绿洋参含片试水市场而已。组建一支庞大的代理、专业销售队伍的蓝图，早已在他胸中勾画完毕。

健民药店所处的独一无二的地理位置，令黄添友眼前一亮，经过这里的人十有八九会驻足店前，有的怀着好奇心朝店里张望；有的则在仔细阅读贴于橱窗上的药品介绍及广告；有的就直接进入店里买药去了。黄添友让小范他们把几箱三九洋参含片从车上搬下，摆到健民药店一侧，然后从那么大的纸箱抽出一盒一盒的小包装，摆在纸箱上面。

这种街头摆卖的直销方式，果然吸引了大部分人的注意力，刚才拉开阵势便有顾客呼呼地围将上来，有的看说明，有的问效果，有的究原理，有的做比较。解惑释疑，对于长期从事药物学研究的黄添友来说正中下怀。他不紧不慢、细心且深入浅出、不厌其烦地向每一位问话者做着解释。说来奇怪，人们就那么相信他，不出半天，近百盒三九洋参含片便销售一空，这令黄添友喜出望外。这次"试水"，让他看到了三九洋参含片这一新的保健产品巨大的市场前景。

初战告捷，更让黄添友信心倍增。他采用最为古老的人海战术，动员员工和自己的亲朋好友，建立地方代理、代销网点，培训销售队伍，印制挂历、日历、报纸、宣传单等，到北京路、东湖公园广为散发。他甚至提出"100% 的利润我只取其 1%"的口号，倡导和鼓励处在销售一线的员工获得利润的最大化。

并且，黄添友率先垂范，自己也加入了这支销售队伍里。

广西桂林、南宁销售点渐次建立。南宁点负责人赵镁说，南宁一家医院同意三九洋参含片进药房，这样能让身体处在恢复状态的患者，根据自愿原则不出院门可以就近买到所想要的保健品。他们想请他过去一趟，现场具体指导工作展开。

"这是个很好的突破！走，咱们这就过去。"黄添友深知保健品能够进入药房的意义。他刚好人在桂林。

"不行啊，天快黑了。"司机小范想劝劝他。

"那就赶上一会儿夜路，顺便把印好的宣传小报带过去。"他带着小范在桂林逗留了几天，守在桂林陆军学院印刷厂，所加印的三万份宣传小报临近下午下班才印刷完毕。

可是桂林到南宁的国道差不多 300 公里，就是车子放开了跑也得四五个小时。

最终，小范还是发动车子，他们匆忙上路。

进入冬季，天黑得快，驶出桂林不过百来公里，树林和茂盛的修竹渐渐在夜色里隐去。再过一会儿，原先那一座座拔地而起、陡直耸立、峻峭伟岸的喀斯特孤山独峰，也消失在视野里。车窗外不见繁星，没有明月，只听到风的呼啸和看到车灯射向远处的两束光柱。

小范打起了十二分精神，坐在副驾驶座位上的黄添友也一刻不敢懈怠，时刻提醒着转弯、会车、超车。

夜深了，两人的肚子也开始咕咕作响，疲惫和饥饿感令他俩如犯了烟瘾一般，渐生一丝儿困顿之意。

"我来哼首歌吧！"黄添友搓了搓脸，清了清嗓子，哼起了他从一当兵就喜欢唱的《打靶归来》。这是他不常有的举动，即便是一天有10个小时都跟着他的小范，也很少听到他哼歌儿。军人的情结和情怀早已渗透黄添友的灵魂，每当困难袭来，他第一个想到的应对之策就是在心里哼上一曲军旅歌，或者回忆那段从军的日子。

歌声，鼓舞他的士气；歌声，激荡他的情怀。

现在，夜虽然深了，却因他的歌声显得不再沉寂。

按照时间和路程推算，他们快到南宁市郊了。可是，车窗外仍然漆黑一片，不见一点儿灯光。又一个小时过去了，车窗外还是一片漆黑，不见一点儿灯光。

"我们可能走错路了。"小范说。

"是吗？咱们下车看看。"黄添友说。他俩下了车，脚下竟然是一条乡间土路。车子何时开上了这样的路，他俩谁也说不清。

"不管它，只管走，总能走到有人烟的地方。"黄添友说。

在悄无声息、四处皆黑的山坳里，他俩转悠了小半夜，方才找到通往南宁的公路。

半夜时分，汽车前方终于出现了稀疏的灯光，星星点点，忽明忽暗。再往前驶去，那灯光终于变得繁密了，慢慢连成了一片。到了，南宁到了！黄添友凭直觉判断，接着眼睛就有些发酸，看路前方那明亮的灯光，竟模模糊糊……

风霜雪雨都是锻炼的好机会，酸甜苦辣都是人生的好滋味。

辛勤劳动所带来的自然是回报和喜悦。这才到年底，数十家销售网点便以广州为中心，向着四周县市辐射开来，并延伸到外省。除却广西桂林、南宁，山东济南、河南郑州、四川成都也都被成功布点。

没有坚强的毅力，就没有广阔的事业。

"明天上班，家里有吹风筒就带来。"一天下班，生产组长小陈特别交代大家。

随着销售规模的扩大，员工工作激情陡增，供货危机逐渐显现，加班加点成为常态，包装在纸盒外面的收缩膜不加热产生不了收缩，机器不够用，怎么办？黄添友急中生智，他想到了佟丽洗头发后用来吹干头发的呗风筒，于是，谁家有吹风筒就被要求带着上班。土法上马，吹风筒竟然成了黄添友这座小作坊式小厂摆脱困难的法宝。

小作坊宛如春天里的一棵小树苗，抢得阳光的滋润，快速地生长着。信奉"心想好事，嘴谈好话，耳听好理，手干好事，脚走好路"的黄添友更心无旁骛，不是在外面奔波就是下到车间，同员工一起动手，装箱、打包、卸货，一心谋划着尽快改变小作坊式的生产状态。

"来，咱们对对账，生产、销售快一年了，看看效益如何？"1996年3月，九天绿功能食品厂成立一周年，黄添友把财务叫到他办公室，欲大概拢拢账。

"经理，我早就对好了，这一年实际从去年5月份开工投产开始，纯利润已到了一千万了。"财务兴高采烈地告诉他。

"真的？"黄添友有些吃惊，他估计七八百万有，但没想到能上千万。

"我还敢哄你？"

黄添友一直关注着生产和市场销售，从市场反馈的情况看，销路一向令人满意，但具体到销售总额他还是第一次仔细问财务。

"这么说，咱们的人均产值抵近百万了？"他自言自语。

在这个充满竞争的世界上，没有童话幻想的美好，没有侥幸创造奇迹的可能，只有靠拼搏争取，靠实干获得。

这样的数字令黄添友备受鼓舞，改变生产方式的决心更加坚定。天有不测风云，他的红红火火却引来了别人觊觎，一向经营不善的挂靠上级广州三九科工贸公司，打起了他的歪主意。三九科工贸公司成立之初，三九企业集团曾为其投入 500 万元，几年过去，所投去的 500 万元不仅没有产生任何效益，反而到了举债经营的地步。

"你们九天绿功能食品厂就不要再搞挂靠了，算我们三九科工贸直属功能食品厂吧。"三九科工贸公司主要领导亲自来说服黄添友。

"什么？真的不把咱当成外人啦？"黄添友惊诧地打量着这位领导。虽然，他对此曾有所耳闻，但一直以为那只是闲话，没有当真。这厂子才开了多长时间，他们就看着眼红了。

黄添友心里清楚，他们这是在变相地让他交出人、财、物权。

这怎么可能？不种树却馋着等待桃子吃，天下哪里有这等好事！黄添友断然拒绝了。

见黄添友态度坚决不从，他们便要去游说深圳三九企业集团。

　　冷静下来，黄添友认真考虑后还是做了让步。一则，在人屋檐下，哪能不低头？尽管名义上是"挂靠"，毕竟被他管着。二则，三九科工贸的领导和他过去同在第一军医大学工作，还是间接的上级，大家都在为"三九集团"打工，撕破了脸面不好看，忍一忍让一步，无论对单位还是对个人都好。于是，黄添友不再说什么，他被免去九天绿功能食品厂经理职务，降职为管辖销售部的部长。

　　变故突如其来，这令不善闲话、不善钩心斗角，埋头干事不想只出头的黄添友措手不及。他每天照常上下班，出差跑业务似乎比过去更勤快，只是沉默了许多，不像以往同员工们一起干活，同员工们聚在一起说笑。

　　"这世界能人总比笨人多，让别人也试着去干干，没什么不好。"倒是佟丽这般劝他。的确，每回遇到不顺心、不如意，或者遭遇排斥、坎坷，佟丽的一两句话总会为他送来一丝慰藉。

　　什么是爱？人们议论了几千年，但莫衷一是。还是诗人说得好：真正的爱，是力量，能够战胜一切；是阳光，能够融化一切；是大海，能够容纳一切；是春雨，能够滋润一切。这么多年来黄添友一个人在外面打拼，或喜或忧或悲，一旦回到家里，家的港湾永远荡漾着春天的风。他和佟丽虽然生活在直线加方块的军营里，然而，爱的真谛他们早已深深领悟。

　　"领导，这样子搞不行，厂子会垮掉的！"

　　果然不出所料，黄添友被迫交权不过三个月，掌控了九天绿功能食品厂实权的三九科工贸公司领导，开始向九天绿功能食品厂掺沙子，从员工到各层领导，能换的都换上了他们所谓"信得过"的人。这些"关系户"生产者，工作劲头大打折扣，能力素质更有所欠缺，生产出现下滑现象。更令人忧心的是，黄添友虽然挂着销售部的部长头衔，实质上被架空成"甩手掌柜"，大小事务不让他参与，还时常被派去"出闲差"。他辛辛苦苦经营起来的销售网络，因怕他"吃回扣"也多被弃之不用，另外靠请、吃、送去寻找新市场，结果可想而知，销售额直线下滑。

黄添友坐不住了，他找到那位领导，强烈建议他们赶快改弦易辙。然而，握着实权的领导根本不听。当然，市场自有市场的运行规则。负责任的人的劝告可以不听，市场的规则假若不遵守的话，企业受到的惩罚将是残酷的。1996年第四季度，九天绿功能食品厂开始出现财务危机，产品滞销，库存加大，入不敷出。1997年的春节就要到来，一般的企业开始发放年终奖，而他们甚至连工资的发放都困难。

"黄部长，科工贸这边的事太多，你知道咱们在长沙开了酒店，在济南开了汽贸公司，我有点忙不过来，还是由你来主抓九天绿的工作吧。"那位领导见势不妙，给自己找了个台阶下。

不论前方的道路上风雨如磐，还是泥泞不堪，原来的希望都不可以动摇，因为希望既是目标也是动力。眼看着企业一天天衰败，早已煎熬在心的黄添友没有理由让它彻底垮塌下去。

"接手可以，但规矩不能变：该交公司和集团的钱我交，但九天绿用什么样的人、怎么生产、如何销售，我说了算！"黄添友其实并没有过多的要求，只求能按自己的意志、遵守市场规律办好企业。

"你说了算，你说了算。"九天绿本是香饽饽，现在则成了烫手山芋。

被冷落了将近一年后，黄添友将怨气化作激情。胸怀一向宽广的黄添友顾不得去争是非曲直，更不搞秋后算账，把憋足了的劲头全然释放。1997年的春节，原本无官一身轻的他可以潇洒地过个闲适的年，现在，他不得不奔波在外，去联系老客户，去"修补"断裂了近一年的销售网，去设计和谋划来年的生产……

把执着的奋斗精神用在创业上，任何困难都可以克服。

春天来了，万物开始萌动和复苏。九天绿也像被春风所吹拂，小小厂房里的机器彻夜运转，一个个催货的电话让黄添友应接不暇，只不过半年，产值再次超过千万元。

手里有了钱，发誓改变九天绿生产经营环境、条件和规模的想法，再次进入黄添友的工作流程。

"黄总，听说科工贸外债压力大，他们又想打九天绿的主意。"有人突然提醒黄添友。

"不可能吧！"黄添友难以相信。

"我听三九集团那边的人讲，科工贸领导找赵总去了。"这位好心人把事情说得更具体了。

"找赵总，为什么要找赵总？"又是一次突如其来，黄添友虽然不解，但他不得不有所警惕。

转眼之间，夏天的酷热来袭。每天，从大清早开始，太阳就仿佛烧红的铁饼子，悬在头顶投下炙热的光，热得人无处可藏。

"黄总，晚饭后你到我办公室来一趟。"一个星期天的傍晚，黄添友在车间里加了一会儿班，刚刚进家门，科工贸那位领导就打来电话追他。

"好吧。"黄添友预感到再次让他交出九天绿就要摊牌了。有了心理准备，这回他内心显得格外踏实和淡定。

三九科工贸公司办公地亦邻近第一军医大学，并且，后来为了扩大生产，黄添友腾出三楼办公室用作生产车间，把办公室也迁到三九科工贸公司那座楼里，大家已经是邻居了。

黄添友走进那位领导的办公室，轻轻掩上了门。

"我就单刀直入，宣布对你的免职决定了。"那位领导大概清楚黄添友已知晓即将再被免职的事，倒也不再绕圈子。

"不要念了，你没这个权力，这个决定我也不会接受！"黄添友愤愤然看着那位领导，目光之犀利让他心里发虚。

"我向赵总汇报过了。"那位领导果然使出了赵新先这把尚方宝剑。

"对不起，三九科工贸开酒店、做汽车贸易等损失五百多万元的事，我也向赵总反映了。"黄添友针锋相对。

"你？！"那位领导不承想黄添友竟有这一招，顿时哑口无言。

"等着吧，集团公司会出面给你个说法。"黄添友说完，拉开门头也不回昂然而去。

同利者，往往是仇敌。黄添友原本想打破这个魔咒。然而，现实却让他不得不出手自救。

做事，不能没有底线。

做人，不能没有底线。

当领导，更不能没有底线。

"赵总，有客人想见您。"就在他们闹崩的第二天，赵新先正在办公室忙活着，秘书进来打断他。

"怎么没有先约一下？"他还在自言自语，几位不速之客竟推门而入。

"赵总，我们是广州工商银行花城支行的，你们旗下的广州三九科工贸公司欠了我们一笔钱，至今不还。他们说没钱，我们只好讨债讨到你这儿来了。"其中，一位带队领导模样的大概怕秘书把他们劝出门去，急不可待地对着赵新先说。

在赵新先的记忆里，只有他去向别人讨债，还从没有人来向他讨债的。

"如果这样请你们先回，我这就派人到广州去查，一旦查实，立刻还上。"他有些儿生气：这个广州科工贸怎么搞的？看来黄添友讲的是实情。

"去把纪委书记叫来。"他吩咐秘书。

一个星期后，三九企业集团一位副总裁带领由集团纪委等七个部门领导组成的工作组，安营扎寨广州市长大厦，对广州三九科工贸公司进行全面而深入的检查和审计。再一个月过去，经查实他们的确负债350万元。

"投入500万元，负债350万元，850万元打了水漂，这样的公司留着何用！"赵新先余怒未消，动了真格。

"黄总，赵总有指示，三九科工贸停业整顿，九天绿功能食品厂依然保留，并升格为集团所属二级企业，改名为'三九企业集团广州九天绿实业有限公司'，重新任命你为总经理。不过，科工贸公司这 350 万元的债则由九天绿来还。"工作组还没忙完这边停业整顿的事，便找黄添友让他来收拾科工贸的残局。

1997 年 10 月，黄添友重新掌管九天绿。

彩虹出现在风雨之后，它便尤其绚烂和气势恢宏。

黄添友虽然无故代罚，但只要九天绿能够让他重新掌舵，他有朝一日一定会让它气贯长虹般走向保健品产业的排头。

黄添友挺过了艰难的 1997 年。

1998 年，东山再起。黄添友已经不再满足于小打小闹的作坊式生产，利用中医中药传统保健功能优势，打造保健品民族品牌，成为他新的追求目标。不能再搞吃老本，尽管三九洋参含片的市场销售额已跨入千万元门槛，后面也必须有新的产品跟上，开拓新的领域。黄添友开始布局新产品的研发、市场前景预测和评估。在此时，中华人民共和国第一部《保健食品法》颁布实施，三九洋参含片取得第一批保健食品批文。这使得它有了真正意义上的"身份证"。

黄添友和他新的九天绿实业公司再次驶入发展快车道。

已经发生了的事能够极力挽回，眼前正在发生的事能够及时化解，这是一名合格企业家必备的能力素质。一场不曾料想到的变故，考验了黄添友的气量和担当。

第九章　逆境图存，格局制胜

成熟在逆境，醒悟在绝境；逆境发力，格局制胜。

黄添友和他的九天绿功能食品厂建厂不过两年多，却历经坎坷，尽管他小心翼翼地打拼，也没能逃过人生的第一次"起落"。幸运的是"天降大任于斯人"，凭着胸怀格局，他经受住了考验和冲击，在摔打中挺住了。

挫折，往往是新机遇到来的前奏。

劫难，催生着黄添友开始从长远、宏观，从硬件、软件，全面系统地强化当前谋划未来。打铁还得自身硬，他从自身学习、自我提高做起。他让司机小范拉着他，专程到北京路新华书店，将有关企业管理和运营的书买回了一大包，恶补了一段时间功课。借鉴"三九企业集团"起步、发展、壮大、成熟"四步曲"成功经验，黄添友提出了"九天绿"自己的企业精神：科技创业，开拓创新，服务健康，走向世界。他亲自为员工上课，阐述对企业精神内涵的理解。

"人才一流、管理一流、设备一流、产品一流、信誉一流、效益一流。"他设计出了"九天绿"的经营理念。虽然这样的理念对于他现在的公司显得超前了一些，但公司下一步的发展是必须遵循这一发展思路的。

他设计出了自己企业的"LOGO"。远看，那图案颇似一片飞动的树叶。它以一片绿叶为创意：绿色昭示健康，代表生命，寓意九天绿这棵生命之树常绿。同时，那图案形似一片中药饮片，寓意九天绿人致力于弘扬祖国医药文化的远大志向。

这是一帧饱含企业精神和黄添友理想抱负的图腾。

而强化员工思想教育、激发员工创业激情这一块，他想到了部队的传统。赵南起部长在视察深圳"三九企业集团"时，曾归纳总结出"艰苦创业，实业报国"的"三九精神"。成长于部队，工作于部队，服务于部队的他，自然对部队的教育功能有深刻的感悟，所以，在对员工的思想教育上被他明确为"延续部队血脉，传承三九精神"。

征服困难的精神在逆境中培养，不俗的成绩在奋斗中取得，丰富的治厂之道则在困苦中磨砺。

上行下效，上令下行。

黄添友带领着他的团队和公司，像是开足了马力的机器高速运转，全公司上下形成了比、赶、超的工作氛围，到1998年年底产值接近一个亿。此时，已不再是黄添友去寻找市场，而是市场倒逼黄添友必须在新产品开发和扩大再生产上拿出战略性举措。

曾有人形象地比喻，青年时期的人是设计师，能画出最美的图画；中年时期的人则是建筑师，能创作出最好的作品，制造出最为心仪的产品。黄添友恰逢壮年，他使出双拳同时发力，如关公挥舞青龙偃月刀一样，开辟出两处战场。

一处是科研战场。

女人天生爱美，而女人的美则在气血旺盛。女性消费市场不可估量。作为女性，妻子佟丽最为清楚女人的心思。她想，女人们讲究穿衣打扮和佩戴饰物，自然是爱美的表现，但那只是外在的。一位头发干枯，目光呆滞，脸色泛黄，缺少中气的女人，即便穿金戴银，涂脂抹粉，也难以呈现出风采和气派。于是，她提出能否研制出一款专门供女性服用、养血补气的保健品。

"你拿出个方子吧。"黄添友说。

"以阿胶为主要成分，再配以西洋参、蜂蜜等含铁食物是个方向。"佟丽一直在中医实验室从事科研，这方面她自然最有权威。

没几天，佟丽便拿出了由阿胶、西洋参、柠檬酸铁铵组成，被称之为"补血黄金三组合"的配方。

"我征询了几位老教授的意见，他们都说配伍配得很好。但其中每一味的量，从药理上讲是这么多，而临床上又该是多少合适，服用后产生的效果到底怎样，得去听听临床专家教授的看法。"她又说。

"这好办。"黄添友将配方揣回办公室。

"赵镁，你过来一下。"一进办公室门，他便喊道。

"来了，黄总。"赵镁应声而至。

"你把这张为女士养血补气的方子请你父亲看看，从临床的角度看这几种成分的搭配合不合适，每一味的量怎么配更科学、更合理。"赵镁原是解放军157医院外科医生，曾就读于广西医科大学，毕业后被招入部队医院，几年前一个偶然的机会碰见黄添友。年岁上她与黄添友不相上下，属同龄人，又都在医药领域工作，互相之间有共同语言，话题便多起来。1995年7月她要求转业，加入到黄添友团队，帮助他开辟市场。

赵镁的父亲是广州军区303医院院长，知名妇产科教授。让她去完成这样的事，当然又是找对了人。

"这个方子不错，成分合理；从临床经验上看，各种成分的量稍作调整，就可以申报批文了。"赵镁从父亲那里得到肯定，高高兴兴地回到广州。

"那就加快研究进程，尽快申报成功，投入生产。"这将是黄添友主持研究的第一款具有自主知识产权和商标的保健品，成功与否关乎公司产品占领未来市场的前途。而它的真正牵头人却是佟丽。

"陈教授，现在高血脂患者越来越多，您能否拿出一个方子，咱们把它做成保健品，对高血脂起到预防和辅助治疗的作用？"黄添友又找到南方医院中医科陈宝田教授，请陈教授也助自己一臂之力。

享誉患者，对于治疗头痛最为有效的中成药"正天丸"的研制者陈宝田教授，数年前黄添友曾帮他带过研究生，两人算是莫逆之交。陈教授行医、教学数十载，身兼中央军委保健局专家，誉满天下，桃李天下。

"你来得正好，我还真有个在临床上用了几十年，专为中央首长保健用的处方，称之为'健康之宝'，具有降血脂、净化血液、保护血管功能。"还在黄添友刚毕业分配中医系的时候，陈教授就对他的勤奋好学、执着认真印象深刻，颇为赏识。尽管黄添友后来去了深圳"三九"，他俩却一直都有联系。黄添友找到他，他满口答应。

陈教授给出的方子，取名为"福寿康"，主要成分：西洋参、三七、银杏叶。经功能实验室证明，调节血脂作用明显。毫无疑问，这两种保健品一旦推向市场，必将受到女性和高血脂人群的关注和欢迎。

准备投放市场的两款新产品有了着落，黄添友转而把主要精力放在扩大生产上。

第一军医大学对面的这座六层小楼，早已无法满足生产的需要，扩大生产规模的唯一出路，便是寻找新的场地，使公司脱胎换骨，使改变成为可能。1998年年底，黄添友关注到广州天河科技园，向园区管委会试探性地提出能否买几层楼，将他们的"九天绿"从那间小作坊里搬过来，同时购进新设备，组建第一间 GMP 生产车间。这座园区早在 1992 年就已建成，起点高，属国家级，他早有耳闻，也早就有搬迁过来的想法，然而，公司过去的实力始终让他心有余而力不足。现在，情况大不相同，公司 1998 年的近亿元产值，令他有了足够的底气。

这回，命运格外垂青黄添友：两层楼 1800 平方米，300 万元。他终于如愿以偿。

"按照 GMP 最高标准装修车间；按照生产药品的标准生产保健品。"六楼用作生产车间，五楼当作办公室，装修施工和订购设备同时展开，黄添友明确提出施工标准和产品质量定位。

他还在市郊棠下村租下 8000 平方米五层楼房一栋，用作原材料贮存等。

现在，黄添友忙碌的身影，每天都要在装修工地、新产品研发室、办公室和生产车间来回穿梭。"只要善于思考、勤于工作，即使是小人物也会迸发出无限的力量，创造出前所未有的奇迹。"每天早上醒来，这便是他脑子里跳出来的第一句话。

设备的等级和精密决定着未来产品的质量和功效，马虎不得。黄添友对装修质量和设备采购标准盯得很紧。

1999 年 6 月，入夏的广州，天气又开始变热，而绿树成荫的广州天河科技园，却清风阵阵。这里已进驻了电子、软件开发各类公司近百家，忙碌的人群里大多是戴着眼镜的年轻人。半年时间，两层楼按照各自的功能定位和标准，装修、安装、调试、试运行完毕，通过严格甚至苛刻的验收。7 月，总共投资 2000 万元，新的办公场地、车间全部达到进驻要求，黄添友找了家搬运公司，将原先军医大学对面沙太路一侧的那座六层小楼里凡可继续使用的物件，一股脑儿运抵新车间、新办公室。

假如说人生就是一次奔向远方的旅行，那一定是既有平坦的大道，又有崎岖的山路；既有一路美丽的风景，又有伴行的风霜雨雪；既有快乐和幸运，又有烦闷和苦恼；既有实现愿望的自豪，又有功亏一篑的遗憾。黄添友和他的团队正行走在一条宽阔、坦荡如砥、铺满鲜花的大道上。

生产随即开始。

黄添友调兵遣将，除却全国各地的销售分公司，引进人才，包括管理层和员工 50 多名。调整、理顺公司的办公室、人事部、生产部、销售部、后勤部；细化部门职责，建立更为严格的人员考核、绩效评估体系。时间仅仅过去两年，九天绿果然从一家不甚起眼的作坊式生产小工厂，发展成一间正规有序、架构完整、效益好、声誉高的创新型企业，初步实现了黄添友让"九天绿"脱胎换骨大变化的愿望。

事业一旦进入发展快车道，便犹如风正帆悬，乘风破浪，驶向广阔无垠的大海。好消息频频传来："养血美"和"福寿康"同时得到广东省卫生厅"两会一票"审查表决通过。人民大会堂管理局同意使用大会堂举办"养血美"新产品上市新闻发布会。

"下一步的大动作要搞得更好！"黄添友把主管产品研发和推广的赵镁叫到办公室交代。

"您有什么想法？"赵镁问。

"你设想个方案，寻找谁来为'养血美'做形象大使、代言人，'养血美'新闻发布会邀请谁来主持、什么人参加，能否在召开新闻发布会的同时对外招商。"看来，黄添友已经在深入细致地思考，下一步如何把"九天绿"做大做强的战略决策了。

2000 年 9 月，金色的秋天他来到北京。那时候的雾霾远不及现在这么严重，天显得非常高远，格外湛蓝。清丽、亮爽的阳光，投射在天安门、故宫那一片金色的琉璃瓦上，金光四溢，蔚为壮观。临近国庆，数十名花工正在布置天安门广场，由鲜花摆成的各色各式的造型，点缀其间，姹紫嫣红，一派喜气洋洋。拓日这天，人民大会堂没有公务安排，于是，由"九天绿"推出的养血美新产品上市新闻发布会，如期在人民大会堂举行。

此刻的人民大会堂灯火辉煌，人头攒动，座无虚席，欢快的《迎宾曲》回荡其间。"为人类健康造福""享用三九、健康长久"的横幅悬挂台前两侧，显得格外醒目。下午3时整，在《迎宾曲》音乐声中，在礼仪小姐的引导下，全国人大原副委员长程思远先生来了，中国保健食品协会会长秦双发来了；中央电视台《新闻联播》著名播音员罗京来了，中央电视台《幸运52》栏目主持人李咏来了；世界超级模特"养血美"形象大使、代言人王海珍来了……黄添友西装革履，神采奕奕，一一与领导和嘉宾握手、寒暄……发布会由李咏主持，他仍然用诙谐、幽默却不失高亢和激情的主持风格，最大限度地调动着每一位参会者的热情……

这是"九天绿实业有限公司"成立以来举行的第一场大型、高层次、有影响力的新闻发布会和招商会，黄添友心情非常激动。尽管他已不是第一次踏进这座宏伟、壮观，在国人心目中宛如圣殿般的地方，前后不尽相同的身份还是令他心潮澎湃。他用他那特有的洪亮、高亢，充满激情，还算标准的普通话，不仅介绍了"养血美"的研发过程和保健功效，而且发表了热情洋溢的"为人类健康造福"的演讲，赢得台下阵阵掌声。

当然，形象大使王海珍也是要讲话的。这位身材高挑、肤色白皙、颜值高端的明星模特，对"养血美"的功效大加赞赏，同时，亦不忘对女性服用保健品的重要性加以强调。

新闻发布会获得圆满成功，不仅为"养血美"的投放市场造大了声势，现场招商 2000 万元，而且对倡导大众保健理念起到了推动作用。"九天绿"的品牌效应于无形中扩大了它的影响力。

大手笔，自然会有大回报，黄添友的"双拳出击"战略，使得他的"九天绿"不仅接连有所收获，而且跨越式发展的端倪已初步显现。时间才刚刚跨入 21 世纪，也就是 2000 年年底到 2003年年底，仅 3 年时间，"九天绿"在全国除港澳台之外，建立的分公司或办事处已有 46 个，直接和间接的工作人员达到 5000 人，其中最为遥远的是新疆乌鲁木齐分公司。年销售额连续突破亿元大关……

作为一名优秀的企业家或领导、领袖人物，对于已经发生的失意之事一定能够极力挽回，眼前正在发生的危机一定能够及时化解。但这还远远不够，更重要的是对未来有可能发生的事情一定能够洞察和加以预防。在这一点上，黄添友尽管已经小心翼翼，然而客观地讲他此刻还尚欠火候。发生在两家分公司经理身上的贪污案，给他上了一堂生动而深刻的警示课。河北某分公司经理贪污销售款 800 万元，四川某分公司经理贪污 400 万元。

怎么办？黄添友陷入痛苦和沉重的思考。

"起诉，让他们蹲大牢去！"这是一种声音，而且强烈和普遍。

"贪污的数目足够判刑，而我们在监管上是不是也有疏忽？"这又是一种说法，区分了责任。

事实清楚，他们也供认不讳。起诉他们很容易，可是一旦他们被关进大牢，他们的父母谁去照顾？他们的妻儿如何生活？他们的家庭谁来支撑？将来出狱之后他们又该如何面对这个社会？后来，黄添友还了解到，他们其实都错在一念之差，并非处心积虑，久有贪占之心。

"我的想法是，他们都年轻，如果判刑坐牢，既毁了个人又祸害了家庭，可以说三代遭殃。只要他们同意三个条件，就免予起诉：贪污款积极退回；交出认识深刻的检查，认真吸取教训；开除离开公司。"黄添友把几位领导叫到办公室开会，说了他的处理设想。

维护利益的最好办法就是法律，当然还有善良。

是拯救还是惩处，黄添友心里斗争了许久。最终善念占据了上风。

黄添友谨慎而妥帖快速地处理了这两起贪污案，让众多员工深切感受到他的为人之善，大家很快便不再将此作为谈资，生产、销售等一切工作重新进入到平稳运行轨道。而黄添友的心绪却仍未能平静下来：一个企业健康发展，风险该如何把控？现代企业对员工精于用，严于管，却疏于教，其弊端已显而易见。如何补上这一课？两个案件的接连发生，使得黄添友对如何才能做好一个企业领导人，深切地感受到了能力、方法和认知上的危机。

"小范，咱们明天坐飞机到济南去一趟。"一天，他忽然告诉司机小范。

"去济南？"小范心生疑惑，没听说过那边有什么事情啊。

"济南分公司的经理得了急病，比较重，咱们去探望一下。"黄添友又说。

即便是一间小小的工厂，假如没有人间温暖的存在，这里也将会变成一片沙漠。

本性善良的黄添友其实十分注意这一点。还在沙太路那栋六层小楼时，他就能放下身段把自己摆进员工之间。广州的 8，9 月份是最为酷热的，那会儿的车间未装空调，尽管打开了大功率风扇，仍然吹不去热浪，室温居高不下，一位体弱、过于劳累的男员工突然中暑晕倒。闻讯，黄添友跑出办公室，将他扶进自己的小车，亲自护送他到南方医院急诊室，一直等到他恢复清醒。

公司大了，员工多了，管理和教育也得跟上才行。从部队摔打出来的黄添友深知团队精神和凝聚力的重要性。他一改公司大而难为、人多而难为的狭隘观念，带领员工外出旅游，举办各种联欢会、晚会，为员工过生日，建立节日慰问制度。甚至，他发起"请客吃饭代替奖励"的倡议。每个月在 46 个分公司中评选出销售冠军，由他出钱，带领公司有关人员和各公司主管"飞"到夺冠者所在的那座城市，召开庆祝会，吃饭、唱歌、跳舞。当然，大家一定会相互交流经验、心得，而他和公司有关人员与下属的关系则越发的密切。

黄添友的这家公司还不算大，但逐渐显现出大公司的气象。

同时，黄添友更加注重用自己的言行来影响和鞭策员工。2002 年 11 月，北风渐起，冬天的气息开始笼罩羊城。从夏季里煎熬过来的人们，满心欢喜准备享受初冬带来的凉意和清爽。突然，一种原因不明的非典型性肺炎疫情从香港蔓延到广州，且以迅雷不及掩耳之势由南向北传播，不久便波及京城。广州城里顿时人心惶惶，除却采取隔离性一般性治疗，还没有特效药物来控制它。开始有人因无法救治而离开人世，繁荣的商业街一改往日熙熙攘攘、人挨人、人挤人的壮观景象；尤其饭店、酒家冷冷清清；鸡鸭鹅们遭遇空前劫难，不断被捕杀、深埋、焚烧，好像一场世纪瘟疫真的就要到来。

喜欢食用鸟雀蛇猫和家禽的广东人不再吃鸡，听说喝木瓜水可以防疫，一时间木瓜成为抢手货。后来，专家们普遍认为吃醋和采用醋熏的方法可以有效杀死非典细菌，于是，醋也立刻成为抢手货。

"所有的保健品暂停生产，我们加快生产醋酸喷雾剂。"黄添友一边请来预防医学专家，迅速拿出配方，亲自到卫生厅、防疫部门报批，一边安排生产。

天河科技园的大门口，前来提取醋酸喷雾剂的货车排成了长龙。黄添友陪着工人们加班赶工。搅拌机不够用，他们干脆用手来操作。醋酸的腐蚀性没过多久便使他和员工每个人的手脱了一层又一层的皮，露出红红的细肉……

"这是国家危难关头，也是民众的危难关头，生产醋酸的钱我们一分也不能赚，只收回成本就可以了。"黄添友指示销售人员和财务。

还在新兵连时，黄添友接受的入伍教育，就曾有过这样的内容：一名战士最基本的觉悟就是热爱我们这个国家，最重大的责任就是建设这个国家，最神圣的使命就是保卫这个国家，最崇高的荣誉就是奉献这个国家。他至今未敢忘记。

他说，真正的企业家必须有爱国之心、爱民之道。

他常对员工们说的另一句话是：食品、药品、保健品，关系到每个人的生命。人不比机器，机器坏了可以修好，而人若受到这"三品"的损害，生命是换不回来的！

心若不正，生活就会惩罚你；心若纯正，生活就会奖赏你。到了这会儿，我们方才理解黄添友当初离开深圳，为什么还会有人放弃"三九"的优厚待遇，而跟随他到广州来创业。为什么在采访和接触"九天绿"员工和公司有关部门领导时，他们会异口同声地说：黄总是最能为别人着想的人；这样的老总有人格魅力，跟着他我们心甘情愿。

发力于逆境，黄添友不仅善于用脑，而且善于用手；不仅善于用谋，而且善于用人。他完全凭借其个人智慧，得益于改革开放所带来的重大利好，不仅使"九天绿"走出低谷，而且能够迅速发展壮大。

人生就是赛跑，天天都在跨越。

"九天绿"要上一个新台阶，黄添友已迈开了他那强劲而有力的步伐。

第十章　弘扬国医，养生为本

身处改革开放地带的前沿和潮头，企业的发展在改革，企业的出路当然也在改革。早在 2000 年的时候，国家国有资产管理委员会根据整个国家国营、民营企业的生存状况，曾经提出"国退民进，抓大放小"的企业改革总要求。遵照这一总要求，黄添友曾向深圳"三九企业集团"提出，对九天绿实业有限公司进行股份改制。他请来深圳一家知名事务所，对九天绿公司的资产进行评估清算，尔后提出"三九企业集团占 27%，九天绿占 73% 的股权"的总体方案。这本来是一件好事，明确了九天绿应占的股份，把"多劳多得"摆到了明处，责、权、利更加清晰，一定会有力地提高员工的积极性，企业也可以拥有扩大投入、扩大再生产的实力。然而，三九企业集团生怕下属企业自立门户，单独过日子，以严防国有资产流失为借口，否定了黄添友的方案，拒绝改制。

控制股权，黄添友只不过是为了将自己的拳脚伸得再长一点而已。

在世界上，没有任何一个新的设想开始时不被误解。

责、权、利不分明，三九企业集团吃惯了大锅饭，他们当然不乐意你从这个锅子里再分走一勺羹去。但黄添友并未死心。

2002 年年底，国务院派出"五办"工作小组，专门赶到深圳对"三九企业集团"和"世界之窗"这两家国有企业进行改制。这一回黄添友据理力争，最终达成了协议：三九企业集团占九天绿实业有限公司 27% 股份，九天绿占 73% 股份。

踢赢了改革的第一脚，黄添友前行的勇气和信心倍增。同时，通过这次改制，他敏锐地发现三九企业集团所暗藏的危机已经显现出来。原因在于这家有超过 400 家下属企业的企业集团，有多家企业靠到银行贷款生存，贷款时用的是"三九企业集团"的名义，一旦这些下属企业出现资不抵债等经营问题，出面担责的则是"三九企业集团"。集团就有可能出现断崖式的崩溃。

集团不是万无一失的"保险箱"。九天绿要实现继续发展和跨越，必须进行改革和突破。这时黄添友的心态有些急切。恰在同时，虽然新近投产的这条现代化生产线在高速运转，昼夜不停地生产，却远远满足不了市场需求，尤其是刚刚投放市场的养血美和福寿康两款保健品更是供不应求。市场倒逼黄添友必须在扩大生产上加大投入，有更多的生产线运行起来。找一块地方，盖一座工厂，成立一家完全属于自己的新公司，黄添友果断做出新的决策。

春天不播种，夏天怎会有花开？秋天怎会见果实？冬日怎会受享用？黄添友的性格中天然反感受制于人，即便他现在是九天绿实业有限公司的控股股东，但是，哪怕只有一股存在其中，他也觉得那是受制于人的一根绳子，约束着他的思维和脚步。就在他思考如何再次施展身手使九天绿更有作为时，从天河区人民政府传来消息，区政府谋划再设立一处新的高塘科技工业园。黄添友喜出望外，他立刻拜访区政府有关部门，了解了入园条件，他不仅完全具备而且实力超强。他毫不犹豫地递上申请，只用半年时间便拿到可供开发利用100亩工业用地的批文。

人生最宝贵的是经常有自己的想法，而最悲哀的是迟迟找不到自己的目标。

事不宜迟，资金充盈、人才充足、干劲充分，他立刻招兵买马，组织班子，拉开独资办厂、独立法人、独开公司的序幕。批文有了，资金到位了，方案成图了，施工队联系了，2003年注定成为黄添友生命中不同寻常的一年。

2003年的春天来得特别早，北方还在遭受着寒潮一次次轮番侵袭，广州街头的木棉树，像举着的火把，红彤彤地挺立在暖暖的阳光下。接着是稀疏的樱花，宛如白色的腊梅，嵌在长长的枝条上。被誉为"萝岗香雪"的桃花更不愿落后半步，无论风寒日冷还是雨细气弱，依然遵循着它固有的节律，娇俏枝头，引得人们蜂拥而至。

开在天河科技园的是几树樱花，虽然周围绿意盎然，也不免显得孤零零。但每当黄添友从五楼的窗户向下张望到它，一种春意盎然的勃发和律动便鼓荡于胸，挽起袖子大干一年的机会终于到来了。

"黄总，来见个面吧！"春日的一个傍晚，黄添友突然接到河源市源城区区委朱深寿书记的电话。

"我来广州招商引资。"朱书记又补充说。

原来，广东省委、省政府正在实施珠三角产业向东西部落后地区转移的大战略，即将发达地区的企业向有一定工业基础但发展明显滞后的粤东、粤西地区转移，以期拉动这些地区的经济发展，初步指定梅州、河源、清远等几个地级市。

家乡的父母官来到广州了，就是朱书记不来电话，他得知讯息，也会前往拜访的。

"怎么样，那就把你新的生产线迁建到河源？我们河源有一系列优惠条件。"两人相谈甚欢。朱书记听说黄添友正要开建新的生产线，成立新的公司，正合他的来意。

黄添友没有想到，他会成为今晚朱书记"工作"的对象。

朱书记所住的客房里灯光柔和，几枝兰花舒展着长长的墨绿色的叶片，散发出淡淡的幽香。

对于朱书记的提议，黄添友没有任何思想准备，开始还有些不知所措，一时不知该怎么回答。

"黄董事长，你回家乡投资办厂既是支援经济建设，同时也是回报家乡啊！"朱书记又说。

他的这句话倒说到了黄添友的情感节点上。是的，回想起来，他离开家乡都30年了，感恩故乡，报答乡梓，他想过许多次，只是还没有遇到合适的机会。

"书记，容我想想。"投资办厂毕竟不是上菜市场买菜，说干就干。这个决心他暂时还不好下。

"当然要给你时间。不过，越快越好，想过来投资的人还不少，我们也在选择。"朱书记伸出宽厚的大手，与黄添友握手告别。

回到家里，黄添友先把事情讲给了佟丽。她也愣怔了一下，同样陷入沉思。

前往河源最大的有利条件是具有政策优势。河源市人民政府在制定招商引资的政策时，明确提出"四新"产业标准：新农业、新医药、新能源、新材料。否则，想进还进不来。当然，一旦引入成功，受邀方还会享受诸如征地、拆迁、水电、用人等方面的补贴和优惠。对于黄添友的保健品生产来说，河源的水好、空气好，良好的环境和绿色的原材料是生产优质保健品的必需条件；再就是这是为家乡经济发展注入新的活力，一定会受到当地人民的欢迎，很容易积攒起人气；最重要的是黄添友可以了却感恩故乡的心愿。当然，不利因素也是突出和明显的。首先员工、技术骨干、公司领导居住、生活在广州，全部随迁过去不现实，培养新的技术人才将需要较大的投入；其次，必须建立新的生产配套系统，哪怕一个纸箱和包装盒也得重新找到供应商；最后是成本，所有的原材料不一定河源当地都有出产，有的还必须由广州或其他产地转运过去，包括成品的销售，广州、河源近200公里的路程，势必增加诸多费用。

利和弊明明白白地摆着，就看黄添友看中的是哪一方。

"少小离家老大回，乡音无改鬓毛衰。儿童相见不相识，笑问客从何处来。"

这天傍晚，从天河的公司回到家里，对朱书记的"邀请"仍拿不定主意的他，脸上还显示着犹豫的神色，突然听到9岁的儿子正坐在小桌子前做语文作业，嘴里不经意地吟出贺知章的这首《回乡偶书》。吟者无意听者有心，他好像今天才真正关注到眼前的儿子似的，眯着眼慈爱地探过身去。

"再背一遍。"于是，儿子那仍夹带着奶味儿的童音，再次在屋宇里响起。

一丝欣慰渐渐在黄添友脸上浮起的同时，到河源去再杀开一条血路的主意他终于拿定了。

毫无疑问，对于黄添友来说，放弃广州高塘而转向粤东的河源，在他那是乡情战胜了商情。

重乡梓之情，这也许是一个人的天性。它可以无条件地给予或享用。在人性的诸多成分里除了父母情、兄弟情和爱情，大概再也没有什么情感比乡梓之情的力量更为伟大、比乡梓之情的时间更为持久，比乡梓之情的品德更为高尚！

很快，朱深寿书记那边也有了回音：他们愿意拿出最真挚的诚意，以最优越的条件、最有力的保障，欢迎九天绿创业家乡！

有智慧的人最先明理，有勇气的人最先成功！

黄添友即刻驱车前往河源市源城区埔前镇，河源市高新技术开发区位于该镇辖区之内。根据双方达成的投资意向，黄添友计划新成立的"九天绿科技园区"便被规划定位在这里。

埔前镇地处河源市南端，距市区尚有十余公里的路程。在其130余平方公里的面积辖区里，西北部是耸立低缓的丘陵，南部则相对平坦，是适合建厂的地势地形。而且交通便利，205国道、惠（州）河（源）高速、粤赣高速，广汕和京九两条铁路，均于区内贯穿而过；通信、水电、医院、体育场、影剧院，一应基础设施完善。尤其水源，可以享受饮用水新丰江管道直供。这样良好的自然环境、发展条件使之成为市领导始终关注的地方，难怪市委、市政府会把战略地位如此重要的高新技术开发区置于其辖区之内。

"黄总，欢迎你啊！我们开会研究了，靠近惠河高速埔前出口，有块方方正正约6万平方米的地块，打算提供给你了。未来的广河高速就在它南面十来公里的地方与惠河高速相交，你以后从广州过来河源更方便了。这块地位置好，大小合适，平平整整，你先过去看看，若不满意咱们再进一步协商。"朱书记和赖泽华区长亲自接待黄添友。

家乡父母官考虑得如此周全，令他非常感动。

在开发区管委会有关领导陪同、带领下，黄添友来到这处未来将属于他的地块前。果然，它不仅方正平坦，除却一座猪舍、几间民房，几乎再没有其他建筑物。而且，205国道正从前方笔直通过；坐西向东；西面不远处便是高耸入云、好似一座巨大屏风的桂山，以及高达一千余米的主峰红花峰。面积大小、地形地貌、周围环境，从任何一个角度来看，这儿都是一块风水宝地。

"请报告朱书记，就这块地了。如果可以的话，该履行什么样的手续，准备好文本，咱们尽快办。"黄添友转身对陪同他的开发区领导说。

看准了的事要敢于冒险，否则就有可能坐失良机。他也常常以此来鼓励身边的人。

尽管黄添友这边行动很快，河源那边也呼应着，领导层面态度积极，竭力促成，但毕竟是要征这么大块的地，并牵涉到农舍、猪场、青苗等拆迁补偿，头绪多、手续多。有的具体承办部门受那个时候的风气影响，也不是都那么主动对接、跟进，加之黄添友每来回一次河源，仅花在路上的时间就得四五个小时，早出晚归，春天过去了，夏天过去了，从达成意向到进入实际操作程序，半年多过去，事情进展悄无声息。黄添友感到身心疲惫。这种状况并没有超出黄添友的预料，毕竟不似一手交钱一手交货那么简单，但无论这个过程中出现什么样的问题和矛盾，他所抱定的信念就是：我有我的主张、原则、节奏。

谈判、征地、签字、盖章，各项工作在艰难地推进。与此同时，他还在谋划着新建厂房、办公楼、综合楼，新成立公司的每一步设想。当这一切完成之后，九天绿的总体发展趋势又是什么；跨出这富有战略意义的一步，要达到什么样的目标和效果，也早在他的全盘考虑之内。部队服役的历练，近十年独自开厂办企业的摔打，他的身上既锤炼出了在一线带领众兵勇冲锋陷阵的将才，又磨砺出了运筹帷幄决胜于千里之外的帅才。在广州由他牵头成立的专门规划小组，亦在紧张忙碌地工作，信得过、能力强、同过事的几位老战友被他安排进这个小组里来。他前期投入 300 余万元，请来深圳建筑设计院，对园区、厂房、办公楼、综合楼量身定制，进行整体规划设计，论证评估。他对设计方提出的唯一要求：整个园区要以花园式的面貌呈现在人们面前；设计理念必须超前，标准和设施设备最好能达到 50 年内不落后。甚至，未来用于生产不同剂型的 16 条生产线的设备购置、无菌装修，各类技术人员的引进和培训，都纳入了他的议事日程。

2003年的秋天被一阵凉爽的风送到了南粤大地，酷热的暑气在一天天消退；不远处的桂山由嫩绿变成了苍绿；尤其主峰红花峰，到10月下旬，已有淡淡的红叶探出那叠翠般的苍绿，分外妖娆。果然，金色的收获季节一条条好消息不断传来，所有的征、拆、补、建手续办理完毕。

没有目标，时机会白白丧失；没有努力，目标则绝不可能实现。黄添友以其过人的胆识、引领风气之先的气度，终于在自己的家乡获得了一块长久立足于此的土地。

2003年11月18日，一股强冷空气突然越过南岭，吹袭南粤大地，气温骤降，大风起兮，毫无防范的人们纷纷换上风衣和皮衣。不过天空澄澈，阳光普照。红花峰下，惠河高速公路旁，一座彩棚突显在一片绿意尚存的草地中。这块草地便是黄添友购进的即将建成的那座生产保健品、药品、保健食品的现代化基地。彩棚两侧彩旗招展，喜庆的《迎宾曲》、粤曲《步步高》于风中轮流响起，九天绿科技园区奠基典礼今天将在此举行。省卫生厅、食品药品监督局、技术监督局的有关领导来了，刚刚更名为南方医科大学的领导和黄添友曾经效力的中医系的战友们来了，河源市委、市政府有关领导来了，家乡东源县双江镇桥头村的亲人们来了，深圳三九企业集团的领导来了。尽管寒气逼人，有些野性的风吹乱了人们的发丝，仪式却仍然不失热烈、隆重，莅临嘉宾纷纷登台，发表热情洋溢的祝词。黄添友当然是要讲话的，他除了对各位嘉宾的到来表示深切的敬意和感谢，还用他那高昂、充满激情的语调，向与会者描述了九天绿科技园区建成之后美好的发展前景……

这一年黄添友刚刚 47 岁，正当壮年。在他 47 岁的年轮里，这座在阳光下炫目的、红红绿绿的彩棚，其实就是他生命中的又一座高高的里程碑，昭示着他人生的坐标又达到了一个新的高度。

众人携手走向红绸裹身的奠基石，当他们挥锹铲起第一铲土的时候，震耳欲聋的鞭炮声响起。它的炸响既是今天奠基的礼炮，又是九天绿迈向新时代走向新征程的礼炮……

第十一章　情系河源，实业回馈

把保健品、保健食品作为健康产业来做，而且要做大做强，成为黄添友终生追求的梦想。

此刻，他的健康产业梦像接力赛一样，把另一个出发点从广州转移到了河源。那一阵阵庆祝河源"九天绿科技园区"奠基的鞭炮声，便成为这场接力赛起跑的发令枪。

黄添友的梦想是宏大的，他亢奋的思维似乎令人不可想象，总是会把每一样事情编织得那么完美、那么精巧、那么超前、那么色彩斑斓。就说这科技园区吧，黄添友把它分成两期来建设。第一期由三组大楼布局而成。第一栋商务大楼紧临205国道，高六层，被设计成弧形，以吸纳朝气和财气，中间有巨大的门洞穿过。六楼则被设计成现代化的、能容纳近千人的多功能会议厅。其余，有可以住宿的客房、用来培训的讲堂、食堂等。综合楼之后三十多米远，是形似美国总统府缩小版的"小白宫"，属于第二部分的办公楼。其标志性的椭圆形白色穹顶，矗立于主楼顶层天面，在周围一片普通楼宇的衬托之下，颇是显眼，层厅、会议室、接待室、办公室、健康产业研究院，把一座主楼、两座翼楼充填得满满当当。第三部分是 GMP 生产大楼，距办公楼之后五六十米。这一组建筑的构造也十分奇特，一座南北向四层高主楼，东西两侧各建三座四层高翼楼，通过主楼可以进入每一栋翼楼里去。16 条现代化生产线和蒸馏、提取、检测、仓库，全部被安置在这组建筑群里。

第二期工程充分显示出黄添友思维的超前性。他把 68000 平方米方方正正的园区划分成三份，综合楼、办公楼和厂房约占其西侧三分之二，处于园区东侧的另外三分之一，则被他规划为未来的养生、养老区。紧挨厂房东面将盖起两到三栋数十层高的大楼，可住进几百口养老老人，高楼前分布着 16 栋别墅，以满足不同养生、养老人群的需求。

当然，目前黄添友正在全力以赴完成的是第一期工程，对于他来说这是"造血"和"创造财富"的工程，追逐梦想的起点工程。

2004 年初春，万绿湖畔的各种鲜花渐次绽放，湖水清澈。一艘艘游艇载满踏春、赏春的游人，向湖心深处开去，划开的波纹、涟漪由疾而缓地扑向岸边。新燕飞入老燕家，衔泥的春燕舒展着翅翼，径直飞入沿湖而居的人家屋檐之下。湖边的坡岭上，嫩茶葳蕤，茶农们徜徉其间，寻思着该着手采摘新茶了。

此刻，黄添友却再次回到他东源县双江镇桥头村家中。这回，他不再是省亲，而是实施他心目中另外一个宏大的愿望。

早在 2003 年开始与河源市人民政府商谈筹建"九天绿科技园

区"的时候，黄添友就思忖：一旦园区建成，16条生产线同时开机生产十数种保健品、保健食品时，巨量的中药材原料需求，如果光靠花钱去市场购买，其资金投入亦将是巨大的。那么，为什么不可以利用家乡地好、水好、空气好，阳光充足、温度适宜、雨量充沛的优良自然环境条件，广泛种植"南药"，把它建成园区的天然原料供应基地，甚至开辟成现代化农业示范基地、保健养生基地和一处山乡旅游景点呢？

常常把过去挂在嘴边，看似昂首阔步，其实天天在倒退。而将未来牢记心间，虽然低头慢行，其实在稳步前进。黄添友胸怀着梦想，他的人生其实就是他的事业。想不到怎么能做得到？想不好怎么能做得好？想不远怎么能做得远？如果说黄添友有什么过人之处的话，那么开阔的视野和深邃的思想，便是他一次又一次成功的秘诀。

围绕着桥头村的山岭、水田、树林有5万多亩，除却村子中央和村子周边面积不大的平坦稻田，剩下的他都要租过来，视地形地貌环境状况，今后进行药材种植、农业、旅游、养生、养老，总体、综合开发，将其打造成传统产业与现代产业、生产与观光、宜居与养生养老诸功能皆有的文明、幸福、和谐、绿色社会主义新农村。

黄添友来到双江镇，走进镇政府那座简陋的院落。

春阳暖暖地照进这座中国农村最基层政府的每一间办公室。室外，小叶榕的枝条在细而柔的春风里款款摇摆。小鸟儿的悦耳鸣叫声亦从枝条缝隙传出，像春曲的伴奏，只听声不见影地在整座院子里响起。黄添友穿着崭新的蓝黑西装，系着一条红色领带，皮鞋也擦拭得锃亮。在双江镇、在东源，甚至在整个河源，黄添友凭着父母的"双党员"、双基层干部的身份，可以算得上是"红二代"，如今再加上企业家的头衔，令他有比其他人更重的话语权。当然，最终能够让乡亲们信服和尊重的，还是他的项目能否真正地为乡亲们谋实惠、谋福利、谋发展。

春天，并非只有花朵、阳光、翠绿、鸟鸣和春雨，还应有蓬勃而富于活力的希望、幻想和梦境。

"你的设想很好！我们镇里大力支持。"镇领导听完黄添友对出生和养育他的那座村子的重新打造方案介绍，被他的赤子情怀深深打动。

"桥头村的乡亲们也会感谢你的！"领导们又说。

果然，当黄添友计划每年投入 40 万元租金租赁桥头村 5 万亩山林地，并最终将其经营成中草药种植基地、农业示范基地、旅游观光景区和养生养老基地的消息一经传出，昔日宁静的村子顿时热闹起来，议论纷纷，一致赞成和期盼，没有一家一户提出异议。大伙对从自家村子走出的企业家信任有加，都催促着他把这事儿办得越快越好。

天时地利都需要。但天时地利都不如人和，人和万事兴。

黄添友说，家乡的山水和稻谷养育了他，他无以回报，现在他有能力来做到这件事，这是他对家乡最好的一种感恩方式。可以试着猜想，假如不是乡亲们感受到了黄添友这是在做着一件有可能改变他们生活方式和命运的事情，难说他们不会有所非议、有所担心，或者还会有所阻拦。

勘界、设立地标、草拟协议，由镇、村领导、群众代表和黄添友团队共同组成的工作小组，时而踩着阳光，时而淋着细雨，时而披着雾幔，穿行在山间、树林、田埂、水边，丈量、计算、签名、画押，逐块逐段，逐家逐户，用不到半年的时间就完成了所有租赁手续。黄添友还索性把双江镇过去用来储存粮食、后被弃用的仓库也租赁了过来。他说，稍加修缮，将来改用于存放药材再妥当不过。这就是把商业战略、战术运用得炉火纯青的黄添友。

只要在工作，时间总是显得短促。两年，在人生的长河里很长，在时间的长河里却像跳动的两粒火花，稍纵即逝，不值一提。可就是在这两年当中，黄添友的人生和事业发生了翻天覆地的变化。九天绿成功实现了战略大转移，5万亩山林地40年的成功租赁，两件大事预示着九天绿做大做强指日可待。但这还只是基础设施的改变，一家企业的发展必须有它清晰的路径，亦即"蓝图"。黄添友深深懂得这一点，所以，在2004年底谋划九天绿2005年的工作时，黄添友第一次提出：要参照国家建设制订五年计划的做法，制定自己的五年规划，先搞它"三个五年"，否则，我们九天绿下一步发展的方向不明，干些什么不明。怎么干、怎么干得更好？这些必须有一个既管当前又管长远的规划。

人生经常要面对的一个问题就是：怎样干事。

如果说2003年、2004年，黄添友是撸起袖子、挽起裤脚，奔波在广州、河源、东源三地，事无巨细地扑下身子实干的两年，那么2005年将是他重新思考和再次谋划未来的一年。

俗话说：谋事在人。

俗话又说：一年之计在于春。

所以，2005 年的新春启动大会，黄添友不仅将其"制订三个五年规划"作为当年重点工作在会上提了出来，而且会后立即组织人手开始编制，付诸行动。他的总体思路是：每个五年规划都有明确的主题，围绕着这个主题再明确要干什么、怎么干，设置出清晰的目标。

"第一个五年规划（2006—2010）打基础，第二个五年规划（2011—2015）发展期，第三个五年规划（2016—2020）腾飞期。"黄添友在编制会上提出"三步走"的总设想。

2006 年，黄添友把它设定为"第一个五年规划"的开头年、关键年。

广州的天气从 5、6 月份到 11 月，几乎察觉不到季节在变化，太阳自升起到降落，每天屋外的温度一直居高不下，昼夜温差几乎感觉不出来。天河高新科技园区建中路 16 号楼五楼黄添友的办公室里，两拨人忙碌的身影时而交织，时而分离，时而热切交流，时而还要吵上几句。一拨人，在忙于河源九天绿科技园区的规划、设计；另一拨人，是在编制集团公司的"三个五年规划"。

黄添友这一段时间几乎天天泡在办公室和会议室里，他不喜欢喝茶，拒绝吸烟，闭目思索是他稍得清闲时最好的休息方式，所以，他的眼睛疲劳得有些浮肿。让他挠心的其实是河源科技园区的一片空地、一张白纸，几年之后那里将耸立起大楼、引进生产线、种上花草……而这绝不是件简单的事。

编制五年规划黄添友心里有底，他完全可以主导，而河源那边科技园区的规划涉及面就宽泛很多了。每栋楼的具体功能，产品从投料、蒸馏、提取、烘干到配伍、混合、称量、质检、包装、储存，粉剂、片剂、胶囊、饮料，这长长的生产链条中，每一个环节怎么设计，放到哪个位置合适，如何布局才显出其科学、合理、实用，不仅不由规划一方说了算，建筑设计师、水电工程师、消防甚至花工、园艺师的意见也必须得到尊重和参考，而这一切最后都将汇总到黄添友这里，由他最终拍板定案。

艰难的环境其实是锻炼毅力的好时机，可以更好地磨砺人的意志。黄添友在坚持，他的整个团队在坚持。又一个秋天来临，从园区奠基到现在的秋叶再落，两年光景，仿佛眨眼之间，2005年就要一闪而过。黄添友和他的规划小组往深圳设计院跑了无数个来回，前后拿出两套设计方案，但他仍觉得不甚满意。

2006年的春天脚步似乎很快，人们还没有从过节的情绪里完全走出来，暖暖的天气就要逼着人们脱下冬装换上春装了。

按照黄添友"三个五年规划"的设想，2006年是第一个五年规划的第一年，这第一脚如何踢？怎样踢得有力、踢出效果？这头一脚对今后四年产生的影响不可小看，所以，他把改革产品销售方式作为2006年的第一仗，是必须啃下的一块硬骨头。

经过近10年的经营，九天绿在全国大部分省会、区首府、地级市共开办46家销售公司或办事处，销售人员最多时达到5000人，每年的销售额早已突破一个亿。这种销售上的人海战术，成为九天绿生存的"命门"。然而，如此众多的分公司和人员，问题难免层出不穷，有的鞭长莫及，曾经出现过的贪污销售款的情况，不时有苗头冒出。既当送货员、销售员，又当收款员，这种销售方式本身就不科学。管理好这几十个分公司，投入巨大，占用了黄添友相当多的精力。怎么办？要把自己从这成堆的事务性工作里解脱出来，把更多的精力用在顶层设计上，唯一的办法就是让这 46 个机构独立出去。不是下达一道命令或签订一纸条约却仍保持上下级关系的"父子"式剥离，而是改变这些分公司的身份、实行独立法人的"分家"式改革。

消息立刻在整个公司传播开来，明智者马上意识到这是黄添友解决销售渠道乱象滋生的高明之举。不明就里的人则认为黄添友的这一改革伤筋动骨，风险太大。这时，从全国各地反馈回的多数信息亦让黄添友感到棘手：让我当独立法人可以，前提是原有公司的资产、场地，包括车辆，哪怕一部电话机，都得无偿归我。如果让我掏钱来买，对不起，这个钱我不会出。

黄添友陷入深沉和持久的思考：如果将这 46 家分公司或办事处拱手相送，他所损失的将是上亿元的资产。

"这怎么行，咱九天绿吃的亏太大了！"其他领导劝黄添友。

"傻呀，把自己用血汗钱购置的产业白白送人，这是要败家的呀！"有人把话说得很是刻薄。

"如果反过来，我把这些资产作为奖品奖赏给他们，他们该会是什么样的心态呢？一定是一种感恩心态！这样想不就对了吗？把分公司变成代理商，我们之间只签销售合同，我只当收款员，有什么不好？"黄添友把整个管理团队召集起来，说出他的细致想法，众人不得不承认黄添友考虑得既周全又实在，所产生的效果一定会令人出其不意。

"说不定，这其中还会走出像我们这样的老板呢。"黄添友幽默地又说。

"呀，真的吗？"有人感到不可思议。

"瞧，黄总这气度！"有人竖起大拇指，感叹道。

"无功不受禄，黄总既然这么相信咱们，咱们要干得更好。"知恩图报，成为共识。

不要把每个人都看得那么狭隘，善念唤起的一定是人们的善良。每遇到大事，黄添友总会这样想。

3月，改革全面铺开，黄添友简直成了"空中飞人"，乌鲁木齐、西安、成都、石家庄、郑州、南宁，厦门的鼓浪屿他都跑去了好几回。

恰在此时，佟丽赴美国马里兰大学做一年访问学者的签证批下来，此为公派，机会难得，而岳父、岳母两位老人还住在家中，同时照顾两位老人的担子，完全落在黄添友一人身上。好在儿子黄灿读大学住校，让他省了心。

公司和家庭这两副担子他都得挑，无可推卸，也无人可推卸。他唯一能做到的就是再辛苦些，兼顾起两头。于是，他把能压缩的大小会议尽量开简短，能不出的差指派他人代劳，该其他领导拍板的绝不包办。每天，他稍晚出门，把家里的一切安排妥帖，只要走得开，每天尽量能回家、早回家。

忙，虽然使人劳累，但也消除人的烦恼，带来的另一番情趣唯心可品味。

佟丽安心地在遥远的美国做着她的学术研究。

黄添友数月奔波，46 家分公司或办事处，几乎在一夜之间易辙更张，过去的下属一跃而变成相互只有法律约束而没有直接责任的代理商了。

改革出效果。实践证明，黄添友的这一大胆举措，虽然等于他将近亿元资产做了贡献，但也简化了管理层，缩短了销售链条，催生了效益，换来了平稳的市场效应，销售额连年破亿，并稳中有升，一路看好。

改革出奇迹。正如黄添友所言，石家庄和乌鲁木齐两家分公司的两位年轻经理，改革后独自当家，成为独立代理商，经过几年拼搏，每个人收益千万元，成为有了几千万元资产的大老板。

成绩，靠双手；成功，靠智慧。

第一个五年规划的核心是打基础。销售，是九天绿赖以生存的基础。黄添友这第一脚踢到了点子上。

销售关系的调整和新的产业布局动作大牵涉面广，但并未影响到九天绿昂首阔步前行的进度。"中药饮片产业化及 GMP 改造""医药企业信息化管理系统"两个项目，被广东省发展和改革局列为省"十一五"重点建设项目计划，指定由九天绿承担，黄添友毫不犹豫地领受了这两项任务。

人，一旦忙碌起来，时间就尤其过得快。2006 年初冬，九天绿科技园区所有的征地、拆迁、规划、设计，施工单位的竞投标等全部落实。园区建设工程被指定为庆祝河源市成立 20 周年的典礼工程，到 2008 年初必须完工。

又是一个寒风呼啸的冬天，河源发达建筑工程公司的挖土机、搅拌机、卡车，轰隆隆地开进了年前举行过奠基典礼的九天绿科技园区施工现场。高高的塔吊也竖立起来，简易工棚搭建起来，近百名施工工人住了进去。马达声、机器声、哨子声，汇聚在工地上空，一片热气腾腾，一派车水马龙……

打基础的开局之年，黄添友就出手不凡。万绿湖畔，客家古邑，九天绿将在此开辟出一块令人瞩目的新天地。

第十二章　钟情绿色，运筹布局

丁亥年头采早茶，新燕飞入老燕家。

掬得一捧春江水，未待细品日西斜。

2007 年，早春。第一个五年规划进入第二个年头，利用到河源察看科技园区施工进程间隙，黄添友来到万绿湖边。黄灿灿的油菜花正悄然开放，沐浴了春雨的早茶，像打了蜡一样油光，茶农身披蓑衣在茶垄中细心采撷。这如诗似画的景致令一向不善感叹生活的黄添友，禁不住兴致勃发，随口吟出这首打油诗。

诗句中的"未待细品日西斜"，分明表达了他时不我待、只争朝夕的急切心情。自从做出在河源建设科技园区决策后，黄添友就开始考虑让九天绿再来一次革命性的自身变革。九天绿的发展方向、九天绿的人才引进和布局、新产品的研发、新销售模式的创立、产学研一体化体系的建立……看似在观山赏水，其实他

139

的心里正在谋划着九天绿的长远未来。

这不，春天才刚刚恋恋不舍地远去，黄添友就要乘飞机飞赴大洋彼岸的美国，到被誉为"保健品王国"的美国探取真经。这是黄添友打算已久的事。趁着施工过程中还有些时间可以暂且脱身，他决定远赴美国做一次实地考察，为自己的健康产业把一次脉。这是他第一次飞往美国，却不是第一次出国。2000 年，当时的"三九企业集团"曾组织过二级企业领导到西欧八国进行为期15 天的考察。尽管此时"九天绿实业有限公司"刚刚搬迁到天河高新科技园区，立足未稳，但其所生产的"九天绿牌洋参含片"凭着良好的品质和信誉，超越其他保健产品，被代表团作为礼品赠送给卢森堡大公。那次出国很多的成分是游览，就考察保健品产业来说，黄添友看到的不多，更没什么深刻的印象。

黄添友在美国的落脚点是马里兰大学，其时他的妻子佟丽正在那儿做访问学者，一则探望，二则她可以做他的语言翻译了。

"差距实在太大，美国的保健品已经生产到了第三代，而我们仍停留在第一代，或者说才刚刚起步。"这是黄添友直观的第一感觉。

"回国后我知道该怎么做了。"他对佟丽说。

美国之行时间虽短，但对黄添友的思维触动却不言而喻。在随后的 2009、2010 年他不但又两次远赴美国，并且去了澳大利亚，详细考察两国的保健品产业。

放眼世界，黄添友将目光投放到了保健品产业更加先进、科学、发达的其他国家。

　　苍天，特别眷顾有所追求的人。2007 年的天气一直都比较好，到了 8、9 月份的台风季节，狂风暴雨也极少光顾河源，所以，科技园区施工顺利，进展迅速，到 10 月份所有主体工程封顶，开始内部装修。

　　竣工在即，搬迁在即，整个园区一旦运行起来，补充人手当然是第一位的。自从 1995 年九天绿功能食品厂成立的第一天起，生机蓬勃发展到现在，选人、用人是黄添友取得如此成就的制胜法宝。现在，即将大规模引进人才，黄添友首先考虑的是，必须摈弃"家族企业观"，改"企业是我的"为"我是企业的"，在推动中国保健品产业化发展过程中实现自己的人生梦，而不是发财梦、致富梦。黄添友找来人事部长，直截了当交代道：

　　"咱们九天绿下一步引进人才，我归纳了'四个具备''四个能力''过三关'三方面标准。四个具备：既具备经济头脑，又具备政治头脑；既具备理论知识又具备实践经验；既具备决策才能又具备组织才能；既具备管理好他人的素质又具备管理好自己的素质。四个能力：领导能力、管理能力、协调能力、自我约束能力。三关：学历关、人品关、能力关。"

　　他接着又说："咱们九天绿今后凝聚力的形成、声誉的保持，哪怕留住一名员工，既要靠事业、待遇，更要靠文化和养老。"

　　"养老留人。"这是黄添友的独有发明。在商言商，干着保健品科研、生产、销售，推广传播保健理念的事业，如果这一领域的从业人员都得不到养老保障，遑论留人？黄添友的这一提法，的确说到了人们最为关心的"后半生"上。

由此，不难看出黄添友的选人、用人、留人标准其实并不低。那么，九天绿一再跃起的秘密，是否也可以说正在于此？

容天下万物靠心宽，纳天下之贤靠心诚，论天下之事靠心正，观天下之理靠心专，应天下之变靠心静。

当人们惊叹于黄添友的智慧、勇气和魄力时，他自己心里其实更清楚，这一切的获得是因为他比别人投入了更多的心力和精力。"学习永远在路上"是黄添友的座右铭。打理这么一家大型企业，每日工作千头万绪令他心力交瘁，但一旦回到家里或者在办公室稍得一点儿清闲，他都会抽空翻翻书、上网查查资料。作为企业掌门人，财务制度、行业法律规定，他尤其熟悉。讲话、发言他从不需要稿子，即便要写上那么几句，他也从不让别人代劳。而中央电视台的《新闻联播》他每晚必看，他把它规定为自己的政治任务。"我虽然不年轻了，但心智要年轻，知识结构要年轻。"他一直这样要求自己。

其实，在黄添友身上诸多闪光点中，身体力行最为员工所称道。这不，整个科技园区的建设进入尾声，河源市人民政府通知他，作为河源撤县设市 20 周年纪念庆典工程，九天绿科技园区必须在 2008 年 2 月底前，也就是春节过后举行竣工仪式。万事俱备，唯一美中不足的是，黄添友理想中的当然也是规划中的"花园园区""公园园区"尚未实现。偌大的园区枯草丛生，经台风袭击呈现出一派荒芜，建筑垃圾诸如水泥渣、石块、锈迹斑斑的钢筋，零零落落，东一堆西一摊，可谓"脏乱差"俱全，极不美观。

"临近春节，河源的园艺工早没了踪影。"管后勤的领导向他报告。

黄添友看了一眼似乎再也想不出什么办法的这位领导，反问道："咱们自己的手呢？"

"这？"那位领导面露疑虑。

"给我拿双胶鞋来。"黄添友蹬上高腰靴，走向仍裸露着的红土地，开始搬动那些残石……

一车一车的草皮运来，一株一株的沉香树苗运来，所有的人看见董事长迎着刺骨寒风，踩着泥泞不堪的土地，亲手铺草、挖坑、栽苗、浇水，大家谁也没再吭声，默默加入劳动的队伍中去……顶得住艰苦才能干成事业。

2007年大年三十的鞭炮在周边村庄上空炸响，黄添友带领众人走出园区大门，身后已是绿草茵茵，数十种中药材树苗，一行行栽满道路两旁……十几天后，盛大的竣工落成仪式将在这里举行。

这是一个激动人心的时刻！

对于气魄宏大的人来说，这样的庆典还远远不足以陶醉。

"人在河源，放眼世界！"黄添友在园区试运行后的第一次办公会议上说。自此，他开始要求他的团队任何时候、任何事情，必须站在世界的高度观察和处理问题。这亦是黄添友思维的又一次飞跃。

思路决定出路，格局决定未来！

"咱们的生产线一下子增加了十几条，不能闲置更不能当摆设充门面，而是要叫它实实在在运转起来。下一步，九天绿要向产业集团发展，除了设备上上规模，生产项目和品种更要增加。"

黄添友心里早有打算。他接着详细描绘了九天绿未来发展产品结构图："产品结构有中草药种植、生活日用品、保健品、保健食品和药品五大类，最终品种要达到46个之多……"

人生在不断的追求中度过，追求的目标越大，取得的成就就越大。

这么多的生产项目、种类，如果还像过去那样自行研究或者购买专利，取得一个产品的生产许可证，过程就相当漫长而且艰巨。黄添友开始准备打造唯九天绿独有的科研团队，他的想法是第一步协作，然后再独立。2007年年末时，九天绿承担的"中药超微粉产业化示范研究"列入国家"星火计划"和"广东省社会发展领域重大科技专项"项目。2008年3月，作为保健品GMP生产企业，九天绿在业内率先通过广东省食品安全QS认证，而这一切全部仰仗于强大的科研实力。单打独斗的时代已经过去，即使像过去南方三九企业集团那样成立独立的药物研究院，也必须先把自己的企业做大做强。

黄添友依然不会舍近求远，他找到他人生事业奋斗并曾经辉煌过的起点地——过去的第一军医大学中医系，现在的南方医科大学中医药学院，说出了他的想法。到底是娘家人，药学院虽然变成地方单位，但所从事的教学、科研性质没变，领导大多还是过去的同事，所以也同过去黄添友找到他们时一样，十分乐意与九天绿一道携手创办"产学研结合示范基地"。

4月，春意正浓，中医药学院大楼前的数棵金桂断断续续开出小黄花，一阵阵香气飘逸在空中。人们每每经过，无不驻足深深吸上几口这馥郁花香。《产学研结合项目合作协议书》，此刻，正在这座大楼里签字。

黄添友的终极目标是，若干年后九天绿能够拥有一家属于自己的健康产业研究院。

春天自然是美好的，但危机和灾难绝不会因为春天的美好而藏匿或遁去。5月，一场突如其来的大地震完全搅乱了人们工作、生活的秩序。汶川在抖动、在哭泣；全国人民众志成城，在奋起、在抗灾。而一向坚持责任与发展同行，企业利益与社会公益并进的九天绿人，不仅第一时间组织员工捐钱捐物，而且日夜兼程送往灾区。

帮助他人，回报社会，是黄添友一直以来所追求的人生理想之一。从九天绿功能食品厂成立之初，面向社会实施慈善救助和公益活动，便被他确立为企业发展的宗旨之一，拿出专款成立"善爱基金"。之后，随着九天绿的越发壮大，分享成功的事情便越做越多，大到组织开展"迎亚运，促健康"系列活动、捐资助学、倡导民族传统美德，小到赞助"爱心妈妈"、无偿献血、传递爱心，只要是公益活动，黄添友一定会拿出最大的可能参与其中。捐资助学是九天绿坚持最久的社会公益，这项活动自2005年启动到2015年，受惠学子累计超过1万人。2009年，家乡修建公路，黄添友捐款10万元；2010年黄添友捐款60万元，在他的母校双江镇中学独资建成一座图书馆；2011年，他更是一次性捐款200万元给东源县新回龙镇下洞村，对口扶贫，帮助该村76户贫困户一次性完成脱贫致富华丽转身。2015年9月1日，九天绿健康产业集团，联合中国医促会、全国九天绿治未病健康工程组委会，共同举办"爱在九天，绿满人间——亿元巨赠"献爱心活动，黄添友赠送出一亿元的产品，在全国 100 家三甲医院免费给住院肿瘤患者服用香苓参蛋白质粉，为肿瘤病人送去特有的关爱。

仁者爱人，黄添友钟情绿色，追求人类健康，更追求中华传统美德的发扬光大。他同样用慈悲和爱心赢得社会的尊重和赞誉。

回报社会是境界，感恩社会是本能。

很快，16 条生产线在科技园区运行已超过一年。它们的良好表现，使得九天绿科技园区一次性通过国家高新技术企业认证。

16 条生产线的产量，对销售出路提出前所未有的挑战，黄添友关注的目光重新转回到创新商业模式上。

第一个五年规划的收官之年就要到来，这打基础的五年不能缺少创新商业模式主板块。

2010 年，黄添友开始构思和酝酿新的营销体系。

人们普遍认为，21 世纪人类进入大健康时代。中国作为人口大国、老龄化社会大国、保健品销售大国，保健品和保健食品市场前景广阔。这一点毫无疑问，然而，正是因为这块蛋糕巨大，前来切蛋糕和分蛋糕者趋之若鹜。市场上产品众多，都在老王卖瓜自卖自夸，良莠不齐。几年来，黄添友虽然带领着企业奋勇前行，但他已深感消费者对保健品的信任正在出现危机，这对九天绿这样具有完全自主知识产权和发明专利的产品，影响和冲击也最大。要摆脱这样的不利局面，黄添友想除却与工商、卫计、药监等行政部门联合出手加以干预之外，作为保健品生产从业者，只有通过品牌支持和系列化标准，实施"产品生产集团化和营销联盟体"

两大战略。产品生产集团化他已经着手布局，规划中的五大类 46 个品种，除却药品类和小部分在研产品，大部分产品已经开机生产。

2010 年初春，黄添友利用新春启动大会的机会，邀请十数位经销商、分销商代表齐聚河源，他亲自主持会中套会，研讨创新商业模式。这些从商场实战中走过来的销售精英，果然个个不同凡响，他们点子多、做法强、思路清，使黄添友深受启发。前来建言献策的经销商们离开河源之后，连日操劳的黄添友人静心未静，他仔细归纳梳理大家的建言献策，结合平时自己的思考，

"一体四环创新商业模式"的概念和内容，在他脑海里逐渐清晰：以产品为导向、以治未病健康工程为核心、以连锁店专营为主体、以渠道代理和会员消费为基础、以动态营销为辅助、以互联网为平台（几年后所增加），驱动"制造商环、经销商和分销商环、创新营销管理团队环、消费终端和消费会员环"，"四环"形成"创新营销联盟体"。

改造事物，变成现实，必须付出劳动；认识事物，找出规律，必须勤于思考。

敢于创新是智慧的发展。

"一体四环"提法科学、概括全面、表述精确、易解实用。黄添友把他从事企业培育、商业运作十数年的经验，用了不足百字，便准确、完整地予以了表达。

智慧是谋事之本，成功之道。2010 年年底，在年终工作总结大会上，黄添友不无自豪地宣布：第一个五年规划完美收官，顺利达到打基础的目的。

第十三章　铸造品牌，志在九天

社会学家们早就预言，21 世纪是大健康时代。

国家、社会、民众对健康的高度重视，使追求健康成为新世纪人们的基本目标和新时尚。新世纪已经走过的 10 年，实践证明，从健康观念到吃、穿、住、行，从人到自然，无处不打上了"健康"烙印。

世界卫生组织于 20 世纪末出炉的《迎接 21 世纪挑战》报告中就曾明确指出：现代医学、现代药学、现代治疗学对人类健康和寿命贡献率仅为 8%；21 世纪的医学研究不应该再继续以疾病为主要研究对象，而应该以人类健康作为医学研究的主要方向。世界卫生组织站在全球高度明确指出，现代医学重心应该从"治已病"向"治未病"做战略转移。"未病先防、已病防变、病后防复"的"治未病"养生观念已在民间和现代医学界获得广泛共识。其实，世界卫生组织所倡导的"以人类健康作为医学研究的主要方向"

的理念，同中国传统中医所主张的"上医治未病"是相同的道理，只不过我们老祖宗的这一提法比世卫组织要早两千年。

时至今日，如何推动国民树立、传播正确的"治未病"健康理念？如何提高国民参与"治未病"健康工程关注度和积极性？如何在学术研究领域强化"治未病"的科学研究？如何完善"治未病"服务体系的建设？一个个全新且实际的课题，摆在医药企业、行业面前，摆在医药、医务、健康产业人员面前，就看有没有勇气去扛起这面大旗。

既然"为人类健康创造价值"是九天绿人所秉持的企业使命，那么，作为九天绿的领航人，自然就有一份去打造这一"国家工程"的责任，为什么我不能去扛起这面大旗呢？黄添友自问。

"黄总，咱们做出的保健品，实质也是在做'治未病'，若是再去揽下这摊活，责任可是重大啊！"他身边的工作人员好心地劝他。

"既然'治未病'是国家工程、国家行为，那就应该由国家层面的人出来牵头。"

"咱们一旦成为'治未病工程'承办和实施企业，那可得投入大笔的钱和人力、物力啊！"

一时间议论纷纷。黄添友理解大家的心情，不愿让他承担过多企业以外的工作，也尽可能减少企业的额外责任和负担。

病来方知自己苦，健康时为别人忙。在黄添友的思维世界里，"治未病"是历史赋予我们这一代从事健康产业人的维护健康和救赎生命的机会。既然是使命，那就应该当仁不让，勇于担当。

那么，该如何去实施这项工程呢？黄添友想：光喊口号不行，得把工程冠上九天绿的名字，再从公司里拿出一块地方来，设立办公室，配备人手，拿出专项经费，作为研究、教育、推广的常设机构，发挥核心作用，这才算是见诸行动。

决心既定，2012 年春节过后，黄添友便开始奔波于京广之间，频频穿梭在国家卫生部、中国医促会、国家中医药管理局、中国老年保健协会、中国营养协会。事不宜迟，他的目的就是尽快让"治未病工程"落地九天绿、落地河源。

这是九天绿第二个五年规划里的重点项目，黄添友决心一定要拿下来。

2012 年 10 月，河源进入晚稻的收获季节，不仅稻浪千重，顺应着节气的各种果实挂满了枝头，飘逸着清香。280，九天绿科技园区里再次热闹起来，彩旗被秋风吹得哗哗作响，气球拖着长长的标语，在园区上空飘摇。园区门前，宾客云集，鞭炮齐鸣。"全国九天绿治未病健康工程启动大会"暨"全国九天绿治未病健康工程战略推广新闻发布会"，两会合一，正在综合楼六楼多功能厅隆重举行。卫生部副部长孙隆椿、国家中医药管理局副局长吴刚等亲临会场，广东省相关政府部门领导和河源市委副书记黄建中、中国老年保健协会、营养协会，以及中央、地方数十家媒体、专家教授近千人汇聚一堂。

启动、揭牌、授旗、发言，身穿粉红条纹短袖衬衫、打着淡蓝色横纹领带的黄添友，刚刚被大会推举为"全国九天绿治未病健康工程组委会"执行秘书长。他接过吴刚副局长授予的会旗，高高举过头顶，挥动双臂，那面红色的旗帜便在舞台灯光的追射之下翻飞、飘舞，台下爆发出长久、热烈的掌声……

黄添友再次走到舞台中央，鞠躬致谢。他环视台下，在众人关注的目光里庄严承诺：用两个"五年规划"时间，在全国各大、中城市建立"全国九天绿治未病健康工程"教育推广中心和一万家社区"全国九天绿治未病健康工程"工作指导站，聘请国内外权威专家进行现场指导和开展远程教育，把"治未病"研究成果和先进方法、理念及时送到千家万户，惠及亿万人群……

认识疾病靠科学，预防疾病靠保健。

身体健康最幸福，心理健康最快乐。

黄添友无疑是具有远见卓识的，如此的气魄缘于他对九天绿未来良好发展前景的成熟思考。2011年年初，当第一个五年规划成功收尾，第二个五年规划顺利开启，他在谋划"一体四环创新商业模式"的时候，曾经有过一个"千城万店"的大胆设想：在全国选择1000座城市，每座城市每年开张一家九天绿系列产品销售连锁店，两个五年规划，也就是用10年时间来完成这一战略布局。现在，随着"治未病健康工程"的启动，"千城万店"依托"一体四环创新商业模式"在全国的构建步伐将大大加快。

其实，在更早的2004年6月，黄添友就曾做过一次有益的尝试，他一次性在厦门鹭燕大药房等6处开业九天绿健康调理中心连锁店6家。此次联手的鹭燕大药房是福建首家通过国家GSP认证的药品零售连锁企业，拥有极为完善的零售终端，所以，善于"试水"的黄添友从来不打无准备之仗。

科学走进生活，生活才会科学。黄添友从过去埋首于企业科研、生产、销售到积极参与全国性健康事业：宣传健康知识，传播健康理念，推广健康方法，创造健康生活。按社会学家的说法，黄添友这是在探索把健康转化为生产力。而从企业家的角度来看，黄添友这是洞察到了市场先机，把企业成功带向一个新的高度的智慧之举。

如果专家、行家们所说的这句"把健康转化为生产力"足够准确的话，黄添友接下来所做的这件事则具有相同的效果。这回他不再"借鸡下蛋、借船出海"，他准备举办一场完全由九天绿主导的"文化盛宴"，以证明自己是一位真正的"把健康转化为生产力"的推手。

黄添友把筹划开展的这场活动取名为"九天绿健康节"。活动内容：参观、演出、论坛。活动口号："我的健康，我做主"。活动频率：一年一次。

2013 年 12 月 21 日，位于河源万绿湖畔的美思威尔顿酒店显得格外热闹，会议大厅的背景墙和会标以绿色为主色调，别致而充满生机活力。23 日上午 9 时，健康节主要活动内容"国际养生论坛"在酒店会议中心举行。会议在《没有共产党就没有新中国》的歌声里开始。黄添友，中国自主创业大会秘书长、《财富第六波》作者、晨讯传媒集团总裁禹露，国家工商总局中国消费者协会常务副秘书长武高汉，中国食疗网创始人、中国药膳研究会理事顾奎琴女士，东南亚中国传统文化艺术协会会长肖伟，国际知名演说家、亚洲培训天后萧慧玲女士，齐聚一堂，在主席台前排就座。9 时 30 分，一应嘉宾来到舞台前台中央，共同将手放到激光圆球上，在主持人倒计时声中，激光球瞬间光辉四射、璀璨夺目。"这是一个象征地球的圆球，让地球、让人类，感受到我们手心的力量，让我们一同开启幸福健康的大门……"主持人很会讲话，倒真的说出了与会者的心里话。

"超越自我，放飞梦想""健康养生，激发潜能""满载希望，共创辉煌"，专家们各抒己见，共话未来。会议进入尾声，黄添友再次走到发言席："这是一次健康品质的铸造，这是一次辉煌荣誉的绽放，这是一次追逐梦想的竞跑。河源、九天绿，是健康的发源地、财富的创造地、幸福的实现地……"他洪亮的声音在会场上空回荡，台上台下掌声一片。

历史，因为时刻重要而被人铭记；未来，凭借健康梦想而催人奋进。这个健康节圆满成功。

谋事智慧大，勤事成就大。黄添友频频出招，并且每一次都是大手笔，让人产生无限的想象。有人说：黄添友这是在向"成为保健品业界的旗帜性人物"而努力。他说：不，我这是在塑造"九天绿品牌"！

是的，军事家们曾说，真正的战争是在人的大脑里进行的；真正的战场不在火线，而在大脑里。战争的实质是智力战。做企业其实也是如此，他必须首先确定企业未来的发展目标。黄添友"三个五年规划"中"第三个五年规划"的目标被确定为"腾飞期"——产品实现直销和进军新三板打造中国药食同源健康产业第一股。而这一切除却各类保健品、保健食品的质和量，还必须下功夫细心打造"九天绿"的这一品牌。眼下，黄添友所做的每一件事情，可以说件件都是在精心、精细地打造九天绿的这块品牌。12月末，参加完健康节的宾客们刚刚离开河源，黄添友便马不停蹄来到深圳前海。他与金石现代农业示范基地老总相约，大家坐下来谈谈如何合作开发 10 年前他在东源县桥头村租下的那 5 万亩山林地。尽管早在 2009 年九天绿便通过了广东省农业龙头企业认证，但要把这 5 万亩山林完全开发出来，实现产业链向纵深拓展，还有很长的路要走。紧接着，成立"九天绿健康产业研究院""九天绿商学院"也被黄添友纳入他的工作日程。

产品不断换代升级，当然离不开强大的研发团队，但黄添友必须改变九天绿过去那种零敲碎打的科研结构，成立自己的研究院，实现研究力量的集约。同时，互联网销售风生水起，微商成为未来销售主渠道已初显端倪，酝酿微商平台，包括进军新三板，必须重新打造一支精英销售团队，而商学院的成立便是为培养精英人才所编织的摇篮。

黄添友再次开始密集出访和邀约，他像当年开拓销售市场那样，让司机小范拉着他频频进出中山大学、广州中医药大学、广东医学院、广东药学院、香港大学，并用电子邮件同美国马里兰大学 Mal1-K 博士、奥兰多健康医科大学校长赵剑博士、纽约大学免疫学家张力教授、澳大利亚天然保健国际有限公司欧振岸博士在网上交流，力邀他们加盟他的研发团队。实力支撑战略，没有实力的提升，战略就没有实施的空间。黄添友深谙凝聚力量的重要性。

一抹微笑能够滋润心灵的荒漠，一声问候能够温暖生命的冬季。九天绿的品牌效应使然，抑或药食同源"治未病"相同健康理念使然，抑或黄添友个人魅力使然，很快包括中国科学院院士、著名病理生理学家姚开泰教授，中央军委保健局专家、著名老中医陈宝田教授，全国政协委员、著名中医药专家周超凡教授，全国政协委员、北京中医药大学校长龙致贤教授，美国哈佛医学院博士后沈建刚教授在内的近百位医学家、药学家、保健专家，纷纷响应黄添友的呼请，2014 年 12 月，他们云集河源九天绿科技园区，共同接受聘书，见证"九天绿健康产业研究院"的成立。

一件事情最快捷的取得成功的方式，就是集中使用很多人的智慧。

黄添友曾经把他的第二个五年规划设想为"发展期"，成功组织如此强大的研发方阵，黄添友正是着眼于九天绿下一步的可持续发展。

使命是根本，梦想是希望，追求是本色。

人不能浪费自己的生命，等待不如创造。

黄添友抓住"三个五年规划"这个纲，历经 10 年，咬定"专注健康产业，打造中国健康产业知名品牌；专注药食同源，打造中国药食同源产业标杆企业；专注治未病工程，打造中国最受尊敬企业；专注血液血管养护，打造血液血管养护专家"的"四个专注、四个打造"战略定位不放松，励精图治，终于迎来九天绿业绩爆发式增长和企业的跨越式发展，在第二个五年规划即将收官之际，备受市场瞩目的九天绿植物多糖系列产品顺利面世，九泰云商上线运营，九天绿商学院正式成立；企业接连被评为国家级高新技术企业、中国优秀企业、广东省优秀企业和诚信企业、广东省第一批重点帮扶高成长性企业……同时，黄添友再次使出大手笔，斥资 1 亿元，重磅打造"关爱健康，亿元巨赠，关爱肿瘤病工程"，在全国 100 家三甲医院同步展开。

2015 年 12 月，第三届九天绿健康节在河源如期举行，主会场这次就设在综合楼六楼多功能厅。黄添友向中外近六百名宾客和销售代表致辞。他不无自豪地说，九天绿"一体四环创新商业模式"，与李克强总理所倡导的"大众创业，万众创新"理念不谋而合，并且产生了前所未有的业绩；九天绿不仅完成了"四个专注、四个打造"新的战略定位，明确了"养生、调整、平衡、活力"药食同源四大产品理念，新产品源源不断上市，而且企业形象和企业文化也已获得全面升级……

掌声，接二连三打断黄添友的讲话。

其实，人们的掌声更是一种强烈的期待，期待能从他的讲话中听到更加激动人心的消息。早在年初谋划第三个五年规划的时候，黄添友就曾明确指出，九天绿第三个五年规划必须达到的目的是实现企业的腾飞，其标志则是申领到直销牌照和进军新三板—打造中国药食同源健康产业第一股。2015 年 8 月，对于九天绿来说具有划时代意义的上市启动大会，也正是在这处能容纳近千人的多功能厅召开的。如今 4 个月过去，上市工作进展如何？台下，人们翘首以待：

"打造中国药食同源健康产业第一股，是九天绿做大做强，走向资本市场发展战略的重要组成部分。现在，整个公司的工作重心全部集中在了这一方面，公司专门成立了上市领导小组，聘请著名经济学家、上市辅导专家彭刚教授为总顾问，明确了上市工作流程，安排了办公地点，而且就在 11 月 8 日，公司与安信证券、深圳上会会计师事务所、北京盈科律师事务所签订了上市合作协议，股改前的各项工作全面铺开，上市进程全面提速……"

掌声雷动。

黄添友满怀信心，语调高亢，余音袅袅这是他最乐意说的，也是台下人最乐意听的。

为了确保上市成功，2015 年初黄添友再次飞赴美国纽约，实地考察华尔街股票市场。

风雨兼程。到 2015 年，九天绿已经走过二十年的发展历程，二十年的艰苦创业，二十年的沉淀积累，形成了公司实力、研发、种植、生产技术、健康产业、创新商业模式六大核心竞争优势。这六大优势足以支撑九天绿在中国保健品 100 强企业行列中的前置地位；足以支撑九天绿全力冲刺新三板，完成公司资本运作；足以支撑九天绿沿着可持续发展的路子，向前、向前、再向前……

黄添友把进军新三板，完成上市目标的时间设定在 2017 年的 6 月或 9 月。于是，在 2016 年的新春启动大会上，他把作为第三个五年规划的开局之年的 2016 年，明确为"营销之年、管理之年、质量之年"，凝聚冲刺力量。为此，他亲自督战，指派公司的副总裁、儿子黄灿蹲点北京，申请直销牌照，势在必得；于是，中断了数年的内部刊物《九天绿健康园地》改名《健康新纪元》复刊，为冲刺鼓与呼；于是，"铁血军魂，亮剑公益"启动会、庆八一联谊会、上市进程说明会、健康产品研讨会、精英营销峰会，一场接着一场，鼓士气、补短板、强优势

2016 年 7 月 30 日，首轮释放的 500 万股内部股权，开始认购。

黄灿 2005 年 6 月大学毕业，进入美国凯斯西储大学攻读硕士研究生，2007 年毕业，之后在美国工作 8 年，2015 年回到国内，子承父业，任九天绿集团公司副总裁。他不负众望，蹲点北京数月，申请直销牌照，2016 年 9 月 8 日获准国家商务部受理，正式进入审批流程。

2016 年 9 月 12 日，九天绿牌健康食品系列获得"中国—东盟国际食品博览会"官方重点推荐品牌。

2016 年 12 月 24 日，第四届九天绿健康节在河源开幕。健康节上，以"血液干净，远离百病；血管干净，健康无病"为目的，研究攻关十余年的高端保健品组合"血博士"，被隆重推出上市。

当然，第三个五年规划尚在执行之中，还有漫长的四年的路要走，黄添友牢记着他的企业目标与发展战略：以科学发展观为指导，以企业创新为驱动，以经济效益为中心，以产业升级为突破口，以全面推广创新商业模式为重点，以塑造九天绿品牌为发展战略；建立一支决胜未来的专家团队和企业家团队，建立中国健康产业最大服务平台，建立"一体四环"九天绿多元创新商业模式，建立 1000 家治未病推广中心，10000 家治未病工作指导站；实现年销售 100 亿元以上，力争 3~5 年完成企业 2~3 个板块在国内或国外上市的目标。

2017 年大年初九，一身新装的黄添友开年第一次来到河源，他没有走进办公室，而是在园区里随意走动。春阳朗照，桂山清晰可见。园区里草青树绿，办公楼一侧的假山上有人造瀑布，喷流而下，流水潺潺。已有从全国各地前来的销售商，沐浴着春风和春阳在草坪和花丛中观赏、拍照。黄添友是专门来向这些受邀而来的客人和节日期间值班的工人们拜年的。年前，在营销精英一年一度的年会上，黄添友就曾向他们表达过深深的敬意。新年开年第一件事，他再次用中国人最传统的方式表达他对于他们的良好祝愿，对辛苦奋战在一线的销售者的足够尊重和寄予的殷殷希望。从这一天起，春节期间那暂停了数日的各条生产线也就要接着运转起来。

2017 年 2 月 26 日，阴历二月初一，以"勿忘初心，携手同行"为主题的 2017 年九天绿新春启动大会，照例在综合楼六楼多功能厅召开，会场依然被布置得多姿多彩，灯火辉煌，歌声阵阵，气氛热烈。不同的是，黄添友邀请到了中国工程院院士、著名人体解剖学家、我国数字化虚拟人体构造者钟世镇教授。钟院士虽已年届九旬，却神采奕奕，不用人搀扶，走上舞台，从主持人手中接过话筒，把最美好的祝愿送给现场每一位与会者，送给九天绿，送给黄添友：九天绿健康产业集团很有远见，很有抱负。二十二年来，秉承中华医学精华，坚持"四个专注、四个打造"，倡导实施"治未病"工程，与国家的发展战略完全合拍，特别是去年（2016 年）以来专注心脑血管健康，精心打造拳头产品，推出了"血液净化、血管养护专家"血博士，为有心血管疾病人士带来福音。造福百姓，大有希望，大有前途……

此时的黄添友格外精神，一条红色围巾环颈而垂，衬出满面春风，笔直平整的西装，打着红底白点领带，给人以伟岸挺拔之感。那双充满睿智、激情的眼睛，目光透过眼镜片更显儒雅和亲和力。他将钟院士迎下台再走上台，接着用他那特有的语调和讲话风格，向与会者描绘着已经到来的 2017 年的时光里，九天绿即将收获的美景……

客家古邑，美丽河源；

万绿湖畔，九天家园；

健康中国梦，九天绿情怀；

药食同源创实业，

关注健康送大爱。

顽强拼搏，诚信为本；

不忘初心，勇往直前；

健康中国梦，九天绿情怀；

健康中国新纪元，

科技创新树品牌。

志在九天，赢在平台；

爱在九天，绿满人间；

健康中国梦，九天绿情怀；

我与九天同舟渡，

我与九天共未来。

激越的歌声骤然响起，回荡在会场上空。歌声撞击着每一个与会者的心扉，大家情不自禁纷纷站起身来，和着这首为庆祝九天绿即将上市成功而创作的《九天绿之歌》的节拍，一同放声高唱……

2017 年 4 月 11 日

后 记

　　2016 年 7 月初，我以前的一位老领导，原第一军医大学基础部刘国章主任约我见面。他说：原第一军医大学中医系一位年轻有为的教授、获得颇多科研成果的黄添友先生转业后，创办了自己的以生产九天绿保健品、保健食品为主打产品的九天绿产业集团。尽管它属私有企业，黄添友却不断自我改革和大胆创新，把企业一步步做强做大，现在做到要上市了，想请你为他写些东西，把他的人生经历做个梳理，或许对我们大家会有些启发。

　　既然老领导发了话，而且即将写作的对象我们过去都同在第一军医大学工作，学校能走出这么一位优秀企业家，我或许应该答应老领导来写写黄添友。于是，2016 年 7 月 30 日上午，我应邀来到黄添友的河源九天绿科技园区，参加他召集的"庆'八一'联谊会暨九天绿上市进程说明会"，并在这里第一次见到了他。于是，从8月份开始我们俩便一次又一次见面，听他讲述他的人生中求学、科研、创业诸经历。于是，我边采访边趁着热乎劲儿写作，历时8个月，终于完成这部长篇传记《追赶心中的彩虹》。

这是我写作的第二部长篇人物传记。所不同的是，写作第一部时我还在上着班有繁忙的工作，时间拖了很长。这回就大不相同，退休在家时间充裕，所以，整个完成书稿的时间不长，采访和写作倒还显得从容。

正如刘国章主任所说，纵观黄添友先生这60年的过往人生，的确，能给我们不小启示，至少我个人是这样看的。因为，他的这几个特点是我采访中感受最深，在写作中也最想说给读者听的。例如，他的人品高洁；例如，他的好学不倦；例如，他的刚毅坚强；例如，他的善于创新；例如，他的机敏睿智等，都曾使我在写作中感叹：大丈夫生要生得有气势，学要学得有所长，干要干得有责任！

尤其，我同黄添友先生在人生初期的20年，有着极其相似的人生经历：当兵、入卫训队培训、考军校。他的母亲在新中国成立前的童年时被卖异地他乡，新中国成立后给当地政府写信求助寻找，方才找到她的出生地和亲生父母；我的母亲在新中国成立前的童年时被人贩子从河南漯河贩卖到千里之外的西安，也是新中国成立后给当地政府写信求助寻找，并最终找到她的故乡和亲人。加之性格的相投，在采访中我们很是谈得来，也就能理解他的人生选择，理解了他为什么能走得这么远、做得这么好。

现在，这部作品就要与读者见面了，而且，选择在九天绿新三板上市之际，这说明黄添友先生对它给予了足够重视，但在我却仍心怀忐忑。我隐约觉得，由于我的写作水平和笔力所欠，还是没能写出黄添友先生的全部风采，挖掘他的内心世界尚缺乏深刻，对他的感人故事描述得还不够生动，我期待着诸位读者能给出中肯的意见。

一部书的出版，当然不仅仅是作者一个人辛苦的结果，它能够面世，自然有众多人士的相助，所以，我真诚感谢军旅作家兰承晖先生，他审阅了全书并写出这么漂亮的《序》，为这部传记增添了色彩和光亮；感谢老领导刘国章先生，为我提供了与黄添友先生相识的机会，尽管我们过去都曾在第一军医大学工作；感谢黄总司机小范、办公室小林、董事办小袁、财务部小陈，他们或提供素材，或提供资料……

这部书面世的时候可能又是一个初夏的来临。它起始于初夏，现在又成书于初夏，一年的光阴不短也不长，关键是我们都会怀想这刚刚过去的一年吗？

谢新源

2017 年 4 月 20 日于广州南湖五味斋